睁大你的眼睛，拉开你的耳朵，敞开心胸，微笑吧！

崭新、活泼的雪域世界之旅即将启程喽！

原人
著·摄影

我的雪域

在这里，自在地快乐着，你不是过客，而是迷路的孩子回家了

原味生活

甘肃民族出版社

图书在版编目（CIP）数据

我的雪域原味生活/原人著. -- 兰州：甘肃民族出版社，2013.9

ISBN 978-7-5421-2449-4

Ⅰ.①我… Ⅱ.①原… Ⅲ.①散文集-中国-当代 Ⅳ.① I 267

中国版本图书馆CIP数据核字（2013）第223770号

本书由台北"橡树林出版社"授权，中南博集天卷文化传媒有限公司取得中文简体版出版发行权。

书　　名：我的雪域原味生活
作　　者：原　人
摄　　影：原　人
出 版 人：吉西平
责任编辑：李青立
装帧设计：李　洁
出　　版：甘肃民族出版社（730030　兰州市读者大道568号）
发　　行：甘肃民族出版社（730030　兰州市读者大道568号）
印　　刷：北京盛通印刷股份有限公司
开　　本：700毫米×1000毫米 1/16　印张：18.5
字　　数：269千
版　　次：2013年12月第1版　2013年12月第1次印刷
书　　号：ISBN 978-7-5421-2449-4
定　　价：58.00元

甘肃民族出版社图书若有破损、缺页或无文字现象，可直接与本社联系调换
邮编：730030　地址：兰州市读者大道568号 网址：http://www.gansumz.com
投稿信箱：liuxintian@yahoo.com.cn
发行部：葛慧 联系电话：0931-8773271（传真）E-mail：gsmzgehui3271@tom.com

目录 / Contents

我的雪域原味生活

正篇／雪域窗内

后篇 / 雪域窗外

德格宗萨寺钦哲官二楼窗口

推荐序 / 宗萨仁波切

　　归根结底，由于我们是谁比我们拥有什么更重要，所以人类长久以来一直称颂并珍爱那些以卓越的智能、知识著称的人，因而学问渊博的人总是备受尊崇。数世纪以来滋养着知名学者努力成果的著名学府，如南亚的塔克西拉与那烂陀、中国的北大与清华、英国的牛津与剑桥，当然还有美国的哈佛与耶鲁，由于培养出许多对我们的生活做出深远贡献的大思想家与领袖人物，而持续受到尊重。

　　尽管四川宗萨寺地处边陲，并不为藏地以外的地区所熟知，然而，综观过去数十年来，与该寺庙、附属学院及禅修中心有密切关联的世俗或宗教领域的伟大学者、医药专才、治疗师与领袖们的记述，显然的，宗萨寺被认为堪与这个时代其他卓越的学习中心相比拟。在寺院的院墙内，单单是著述编纂的书籍，即便没有数千册，也有数百册，主题涵括心理学、心智科学、医药，当然还有其他书籍。对于可能被认为是外来的、过时的文化，宗萨寺是一处文化存续的避难所。不仅如此，多亏当地居民与寺院成员的韧性与勇气，宗萨寺已证明自己的确是一个弘扬智慧传承的中心。

　　就如同我们今日缅怀百年前在宗萨寺生活、工作的学者与大师们之遗芳，如果百年后，接下去的世代敬重、怀念那些目前正努力延续这独特传承的人，我也毫不惊讶。然而，当极端的物质主义价值观与急功近利充斥着多数人的心灵时，即使是像宗萨寺这样一个非凡的地方，也需要某种引介。这就是为什么原人写下这本书，我相当高兴的原因。我相信，它将会为所有阅读此书的人开启了解之门，而对此卓越之地及其文化与人的认识，将有利于现代世界中求知欲日增、生活节奏加快的人，特别是在中国。

宗萨钦哲诺布

莫斯科 克里姆林宫前

2010年7月15日

（英汉翻译：钦哲基金会翻译小组）

堪布彭措朗加于宗萨寺后山漫游（照片由根加提供）

推荐序 / 堪布彭措朗加

我们这些居住在地球上的人类，文化类型和生活方式千差万别。

其中一部分人过着先进的生活，他们享受着种种工业化、机械化的稀有电器、衣着和身体之享乐。从表面上来看，好像是非常幸福。实际上，为了房屋、汽车和工厂等目的，他们欠着巨债，每天还要承担沉重的税赋，根本没有办法摆脱这种压力。

而在宗萨这样的地方，人们根本不可能有类似的享受，甚至连做梦都梦不到！从表面上来看，这的确是一种痛苦，可是在他们的内心，并没有种种压力之痛苦，思想上也因为心向佛法，而过着非常安详的生活。这种情况是那些发达地方的人们所难以理解的。

现在，原人在他的书中，通过描述堪布才旦的喇嘛生活、宗萨佛学院学生的僧侣生活、周围普通群众的农民生活，活生生地将当地人民的日常生活展示了出来。

相信这本书一定能够帮助广大读者，对藏地人民，尤其是对宗萨寺僧众以及当地群众的生活方式有更多的了解。

彭措朗加

宗萨佛学院院长

（藏汉翻译：贡绒埃萨）

这是噶布老师拍我在大雪中摄影的情况。
要拍好别人很简单，拍好自己却很难。

自序 / 错走雪域的第一步

2004年暑假，我第一次去西藏拉萨。虽然至今已经过去五六年，但是实际上在藏地居留的时间共计仅两年左右。后面四年间，我经常往返于四川甘孜藏族自治州与台湾，有时候只在宗萨寺待两三个月，目前最高纪录是一年半才返台一次。最主要的原因是，我仍然很眷恋都市的生活，习性难改。

每当宗萨学院的"老黑"堪布发现我又想离开时，便常常告诫我："在家的闺女整天老是想着出嫁，嫁人后又一直想要回娘家！"他笑我千辛万苦地来到宗萨，却又老是想回台湾享受高科技生活，一回到台湾，觉得苦闷了，又想回宗萨乐一下。如此脚踏两条船，我发现自己已经陷入一种追逐梦想时的无限循环陷阱，宛如一场永无止境的旅途。这样一坦白，好像在自打嘴巴一样，既然在藏地和台湾生活都有一样的难题，那我大老远跑去宗萨做什么？

追根究底之下，我必须好好检视当初到宗萨的初衷是什么。八年前，我刚接触藏传佛教时，出于好奇心，创办了台湾第一份以喇嘛趣味生活为主的电子报《喇嘛百宝箱》，表面上雄心勃勃地要采访台湾内外各家的活佛喇嘛，以慈悲与智慧之名来传播佛法，甚至想以此作为出社会后的工作。没料到这自欺欺人的想法，一下子就被眼尖的师父堪布久美多杰给截破了："其实，你只是担心自己不够红吧？你真的了解藏地吗？你真的知道自己在做什么吗？"

久美堪布告诉我，与其在网络上空谈十年的藏地，还不如直接去藏地住一年，一切就不说自明了！他这番话真是一语惊醒梦中人，从那之后，我就停止了盲目寻师与采访喇嘛的举动。《喇嘛百宝箱》就这样停刊了好几年，我得以仔细思考自己真正想做的是什么。

一年后，有点黔驴技穷的我，在工作上面临是选择当美术教师，还是专业艺术家的关口。我觉得自己好像得了抑郁症，沉寂了一阵子，不再参与任何藏传佛教的相关活动。

后来在机缘巧合之下，遇到了一些愿意出钱出力的贵人，让我有机会去宗萨寺看看。而带我去宗萨寺的人，正是宗萨寺主任的大儿子噶布老师。他告诉我关于他父亲与堪布们的故事。我真的感动了，想去宗萨寺追随他们，这些心路历程会在稍后的"前言"中提到。当然，说服我自己去宗萨寺的理由并不只这些，其中还有一段不为人知的重要插曲。

既然要去我最期待的梦土，总要有一些说服自己或家人、朋友们的正式理由吧？但是仔细想想，说菩萨的发心我没有，说纯去四川甘孜旅游又太肤浅了……"耶！有了！"我想到自己刚好懂一些电脑绘图设计与电脑动画等技术，便顺水推舟地立志说："我要把藏传佛教那些超复杂的曼荼罗坛城都做成3D动画版，灌顶法会也要做成现场投影图解版——就是活佛在法座上每讲解一段仪式，墙面上就秀出一段有着各国字幕的影片！那些诸佛菩萨甚至还能投影在天花板上飘来飘去！"当时，我认为这是最有利于21世纪佛教徒的大事，于是就怀抱着这个梦想去了宗萨寺。

当时刚好巧遇宗萨仁波切难得回寺院（他总是每隔五六年才可能回来一次），我便抓住机会向仁波切报告上述那些伟大的菩萨志愿，希望能在宗萨寺好好学习，然后把佛法应用在科技上。宗萨仁波切听了之后，客套性地略表赞叹后，跟我分享了他个人的一次经验："关于你的计划，之前有位欧美籍的朋友也做过类似的事，他把佛教的《八吉祥图》做成了栩栩如生的3D动画，然后我满心欢喜地看了之后……糟了！我有好一阵子在主持灌顶法会时，满脑子都会浮现出那个动画的版本，像噩梦一样挥之不去。因此，如果你真心想发展这些计划，我建议你要先好好修一修《金刚经》，彻底了解一下佛法内在与外相之间的关系。"仁波切这番话，简直是间接地戳破了我的梦想，我顿时无地自容。

这样一来，我来宗萨寺的初衷已经被打破了，难道我就这样空手而回吗？如果就这样灰头土脸地回去，一定会被喇嘛师父与师兄师姐们嘲笑的。我的师父也跟我说过："像你这样去学，只是因为要满足好奇心而去中国藏族聚居区或印度、尼泊尔体验喇嘛的生活，一定很快就会回来的！"因此，我就这样歪打正着地来到宗萨寺，却又拉不下面子回去过都市生活，刚好又遇上服义务兵役的问题，不得不返回台湾。当时，我很不甘愿，好像我的雪域梦根本还没开始就已经全剧终了。

在绝望之余，我赌气地跟老黑堪布交换了念珠，约定两年后一定会再回

这是我在宗萨寺第一次亲手做的雪人，在洛热老师家的阳台外做的。

来。当时，堪布也跟我说了一番道理："错了第一步，不要连后面九十九步都错下去了！你这样回到都市里去混，能混出什么呢？都已经来了，就留下来吧！只要你好好在宗萨寺学习，一定会有收获的。"这……我就这样被宗萨寺的师父们收留了。从前，我就一直幻想自己会不会有着像密勒日巴大师（藏传佛教噶举派的一位祖师）一样轰轰烈烈的传奇故事。没料到，我的起跑点是如此尴尬，只好先厚着脸皮留在宗萨寺生活，体验看看。

　　虽然宗萨寺的主任与学院的喇嘛师父好心收留我，但是像我这样名不正言不顺的都市宅男留在这里，生活上一定会遇到很多问题！为了记录这份宝贵的经验（也可能是作为我爱炫难改的恶习的借口），我便在闲暇之余，把这些后续所发生的心路历程写在《喇嘛百宝箱》的网络日志里，后来在朋友向出版社的推荐下，重新编写成这本书。但愿我这些以失败经验累积而成的拙见，能抛砖引玉地带给您一些勇气，像我这样的庸俗之人都能去雪域追寻梦想了，您还在等什么呢？Go! Go! Go!

原人

2010年鬼月初

台湾斗六市的火宅屋下……热昏头地留笔

前言 / 前往宗萨寺之前的一张照片与一个问题

　　第一次接触来自宗萨寺的藏族人噶布老师时，他从自己的电脑里秀出宗萨寺的照片，向我介绍宗萨的风光与喇嘛大师。其中有一张喇嘛照片（如图），顿时让我震惊了一下：

　　他，圆圆尖尖的"鸡蛋头"，前额的发际好密集……

　　还有……S形的眼睛看起来杀气很大，左眼皮下方中间刚好还有颗黑痣，使黑瞳看起来像凸出来一样！他的鼻子比成龙的还大，彪形大汉的八字胡加上齿缝超宽的牙齿，整个五官跟头形看起来非常"非凡"……

　　听噶布老师说：他是宗萨学院的大堪布，近二十年来只住在学院小宿舍里，不逛街、不旅游……甚至连藏族人一生必朝拜一次的拉萨也没去过，更不用说离开宗萨了。当初看到这张照片，印象十分深刻，心想：为什么来台湾的活佛喇嘛都比较帅一点呢？宗萨寺的喇嘛是这样的容貌吗？而且这还是一位藏传佛教大博士呢！看着他的面孔，心中满满的疑惑集成了一幅神秘而有趣的雪域寻宝地图，深深烙在

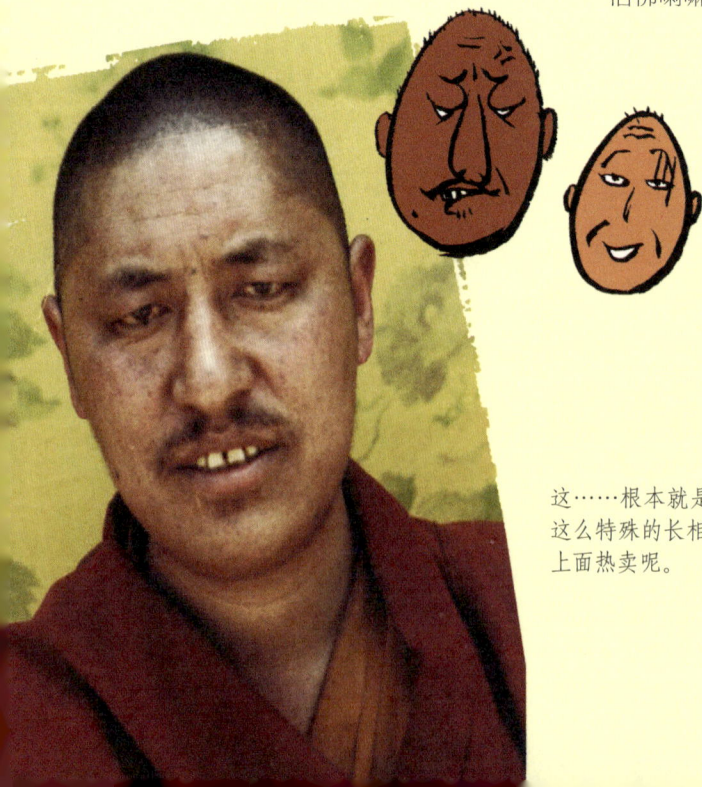

　　这……根本就是藏族版的小丸子爷爷嘛！！这么特殊的长相，搞不好还能印在"潮衣"上面热卖呢。

他的脸上……

一般人接触藏地的话题，不是旅游，就是佛教朝圣等题材。但是噶布老师向我介绍的却不是这样的故事，他告诉了我一段关于他父亲如何将已成废墟的宗萨寺重建与恢复的奋斗经历。1949年时，他父亲为了让大家得到心灵的加持，以历史戏剧为由，向当地政府申请表演传统藏戏，然后跟大家东拼西凑地把跳藏戏用的面具与衣袍都做起来，最后终于正式演出了。

这个极为冒险的活动，吸引了大批群众前来观赏。表面上看来是普通的历史戏剧，事实上，是不折不扣的藏传佛教金刚舞的加持仪式。噶布老师说他当时还很小，不明白为何那时他一抬头，看着大人们满脸都是"水"，后来才了解，那是乡民们压抑了许久的感动泪光。他父亲就好像电影《美丽人生》剧中的男主角一样，在大家最伤心的时候，冒险换取众人心灵信仰的喜乐。

听到这里，噶布老师突然问了我一句话："你，想当个创造历史的人吗？"

（我当时心想：哇？这不是只有伟人才会被问的问题吗？）

我直接回答说："我？怎么可能？我没有什么能力呀！"

他告诉我："我父亲也是一位不折不扣的穷平民呀！如果你的信仰里没有这份奉献的使命感，那么你所追求的道路将不会走得远。"

噶布老师这番话，完全没有其他佛教人士劝人礼佛朝圣的常见说法（例如，我们寺院是有多少神迹显现的圣地，有大加持的大活佛，有殊胜的功德……），因此我当时的确动心了，怎么他所形容的藏文化，跟我以前听到的不一样呢？在好奇心的驱使下，我决定埋单。我的第一次藏地旅行就选择去他的故乡，也顺便去拜见那位酷似黑道版的"小丸子爷爷"，看看他究竟是位怎样的喇嘛。

2004年暑假，我刚好完成实习教师的工作，取得教师证，暑期后可能就得当兵了，暑假过后还得面对很多无常的未来，所以就决定去宗萨寺看看，以了心愿。虽然我根本不知道噶布老师的故乡宗萨寺，而且也不是我熟识的喇嘛师父的寺院，但总是感到有点似曾相识。

2004年7月2日，我人生中第一趟离开台湾的旅程开始了……

序篇／启程雪域！

没去藏地之前，
看着与藏地相关的旅游杂志与摄影作品，
觉得藏地的天空好蓝好蓝！草好绿！花好红！
感觉像是一踏上那儿，
就能让生命的色彩饱和度鲜明起来！

结果现场并不是这样，多半跟都市一样灰灰的，
美丽的照片只是摄影师的滤镜与冲洗技术的错觉。
如果要用双眼去体会雪域之美，
需要一点角度，需要一点等待。
何处才是最美的角度？
可能就在静静地品尝一杯酥油茶之后，才能恍悟。

我的雪域原味生活

第1话

踏上《西藏生死书》的故乡

本书的故事背景：宗萨寺

2004年第一次到西藏时，
当然免不了先去拉萨的布达拉宫朝拜一下。
当我们参观到里面的第五世达赖喇嘛灵塔时，
墙边坐了一位值班的喇嘛，静静地安坐在那边念经。
我看着金碧辉煌、以各种珠宝与加持品装饰的灵塔，
里面还安葬着伟大喇嘛的舍利子，多少人在朝拜这位圣者之墓呀！
心想：这应该是西藏最伟大的加持品之一吧！甚至可以说是圣地了！

我就问了噶布老师：
"如果你有机会跟那位喇嘛住在这边，每天跟灵塔为伴，你愿意吗？"
他想了一下，摇头说："嗯？不要！"
我问："这里很有加持，也有大喇嘛的保佑哦！"
他说："就算再好、再神圣，也不是我追求的地方。"

这是我初访雪域圣地的第一个启示，
也是我此行所要思索的问题。

宗萨寺

　　您可能阅读或者听说过全世界各地都热卖的名著《西藏生死书》，也可能看过知名的喇嘛导演宗萨仁波切拍摄的电影《高山上的世界杯》和《旅行者与魔术师》，但是一定不会记得"宗萨寺"这个有点陌生的寺院名，因为它几乎从未出现在市面上热门藏地旅游杂志的推荐景点中。

　　宗萨寺，依据菩马彭措1846年编纂的《宗萨寺历史》记载：宗萨寺有1100年以上的历史，最初是由苯波教大师于746年藏历火狗年所建。后来寺院改宗宁玛派，之后又改为噶当派，直至1275年八思巴大师来到

此地后，本寺便成为萨迦派寺院，并延续至今。

　　宗萨寺亦是历代宗萨仁波切所管理的祖寺，也是《西藏生死书》作者索甲仁波切的出家寺院。虽然这两位大师很有名，但是由于该地区旅游开发较晚，本身也不是金碧辉煌的大寺院，再加上低调的行事作风，所以除了宗萨仁波切的少数弟子外，极少有人知道这个地方。

　　您可能以为寺院本身的历史人文乏善可陈，所以才会乏人问津。不！您可能不知道，这个寺院的第一世宗萨活佛蒋扬钦哲旺波，是藏传佛教史上首次推动利美（不分教派）运动的大师，整合了各教派的佛典资源与传承。因此藏传佛教各大教派的近代祖谱中，绝对少不了这位共同的祖师，这样独特的情况是十分罕见的。

　　一般人听到藏传佛教寺院，都会联想到一定有活佛，但是这里就是没有！自从

▼第一世宗萨仁波切蒋扬钦哲旺波。

▼第二世蒋扬钦哲确吉罗仁波切，就是索甲仁波切的启蒙恩师。

▼堪布蒋森，宗萨寺嘎谷禅修院住持。

▲嘎玛泽仁喇嘛，宗萨寺嘎莫当仓闭关禅修院指导师，江西莲花寺住持。

▲重建时期的三位平民大堪布：堪布才旦（左）、堪布贝玛当秋（中）、堪布彭措朗加（右）。

2005年，寺里的一位嘎玛活佛圆寂后，寺里至今再没有活佛常住。大家一定急着问："耶？不是有第三世宗萨仁波切吗？"宗萨寺并不是没有活佛，而是目前寺院里并没有任何活佛常住，而宗萨仁波切与相关传承的活佛们，基本上每隔好多年才会回来一次。

没有活佛住持的寺院，谁能成为大众的心灵依归呢？当然还有很多喇嘛与堪布（藏语"佛法博士与僧众楷模"的意思）。宗萨寺有一位堪布昂旺南加与多位定期长年闭关修行的大喇嘛，山脚下还有一座培育无数人才的大摇篮——宗萨康谢五明佛学院，另外还有一座由堪布蒋森所住持的"嘎谷禅修院"。因此，目前就是这几位平民起家的堪布喇嘛成为宗萨的镇寺活宝，因此这里没有活佛的光环，不会有盲信的迷思，更能直接用以身作则的风范与踏实的修行带领大家。

一位平民用一辈子来重建的寺院的风雨史

这里虽然是由多位堪布与喇嘛们众志成城的地方，但最精彩的故事，在于幕后功臣洛热彭措先生，他就是嘎布老师视为学习榜样的父亲，同时也是索甲仁波切小时候的玩伴。他只是一位平民，寺院在"文化大革命"时期全毁后，他要怎样去恢复寺院原貌呢？

时间回到1958年，当时寺庙与周边一切文化已全毁，但是那时年纪才十来岁的他，不知是有意还是无意（他自己说是不小心记下来的），竟在之前就把寺院的种种格局、壁画内容全部背下来了。紧接着，又有一位未随十四世达赖喇嘛逃至印度的寺庙藏医与佛法大师，在因缘际会的情况下收他为接班人。洛热彭措为了日后能重建宗萨寺，有很多事必须偷偷去做。

他放弃生计去八蚌寺，向当时最伟大的藏族艺术家通拉则翁学习诗歌与绘画，跟随夏杰彭德学习天文，接着向八十岁的土登泽仁活佛学习泥塑佛像，向宗萨寺的蒋扬钦哲仁波切的传人泽仁朗佳学习雕刻，向一位姓郑的汉人学习木工，向藏地老人学习藏式建筑做法。所有的一切都是悄悄进行的。

有一年，洛热生了一场重病，一年不能起床，他就以重病为由，接连六年未出门。他把佛像偷偷贴在壁柜门后，在家闭关修习佛法，胆战心惊地修行。这六年也是他学习藏族五明文化的时间，他找到了古代的书，研制出蜜蜡塑造铜像的独门方法，恢复了第一世蒋扬钦哲仁波切的塑铜佛技术。他又借排戏为名，于1982年趁机在宗萨寺的荒地上建了第一所宗教建筑。

1983年，政府批准重建宗萨寺。洛热自告奋勇承担规划建设宗萨寺的工作，全程一人规划，一人监工，一人指挥。洛热的图纸一开始设计得是非常科学的，一百多间僧房，整齐分布，道路宽敞，所有的大僧人平等抽签分配。但首席老喇嘛不同意，要求按原来的家族地盘重建。洛热心想也好，恢复原貌嘛。

二十多年间，藏族人很少有人盖房子，木工都找不到了。在洛热的号召下，全麦宿找到一百名建筑木工，大家手都生了。好，先开班，一百名木匠在洛热主持下先开研习班，大家一点点回忆，把手艺练熟了，老的带小的。由于洛热精通百工，大家都服他。从1981年到1983年，一百多幢僧房拔地而起，恢复了宗萨寺。至今已建了308间大小厅堂。那些日子，洛热席不暇暖，甚至不休不眠。

洛热又亲自到更庆寺学习了一百多种坛城的做法。这木匠班也成了宗萨寺第一个手工艺班，培养了全麦宿的木匠。四十一名毕业生修建过三个大寺的大殿与僧房。洛热总结出以每坪计算的标准建筑法，全县通行。与此同时成立的是彩绘班。而洛热以一个农民的身份，被大伙推举为宗萨寺管委会主任。

——摘自《民间》杂志《人间喇嘛·洛热彭措》

就这样，一位贫穷的草根人物重建了整座寺院，而且在他谦虚的要求下，这段跟他有关的重建历史，未曾出现在任何官方的寺院历史简介或纪录片中。这样的善举，不禁让我联想到2010年刚获选"福布斯亚太善心榜"与美国《时代》杂志百大影响人物"英雄榜"的台湾菜贩陈树菊女士。她从十几岁卖菜开始就捐钱济世，至今已捐出超过千万元（新台币）。洛热老师也是，他将自己所学的学问与财力心血，几乎都奉献给了寺院，才得以让这所寺院培育出更多人才。谦虚的洛热老师从来没有跟人炫耀过这番伟业，他认为雪域各地都有很多这样发愿来重建寺院与文化的人，大家为家乡付出的心血都是一样的。

你可能会有疑虑：他这样由自己所盖成的寺庙，会不会变成是自己的家

▲第三世宗萨钦哲仁波切不但承接了前两世的精神，还成为目前世界上著名的藏传佛教导演与心灵大师。

▲宗萨寺有待恢复的大殿遗迹。

▶藏族人看金刚舞，看的不只是佛法，还见证他们千年以来的民族精神。

庙？当然不会，寺院的一切财产权都是属于他的师父宗萨仁波切，寺院的重大建设与人事决定，都得通过越洋电话与网络通信的方式向宗萨仁波切请示，或由三位大堪布来做裁定。寺院管理委员会主任也是由大家推选出来的，当寺院经费不够时，他还得自己出钱来供养。他从接任、连任至今，都一直无法卸任与退休。我想，这是因为目前很难再找到像他能力这么强、这样无私的接班人吧！而他自己完全不以上师或大学者的身份自居（藏地有很多在家身份的瑜伽士），生活朴实得如平民一样。这种事是伪装不了的，你可以完全从当地百姓对他发自内心的敬仰中，感受到那种亲切的力量。

原始而简朴的寺庙风情

在一般人的印象中，寺院应该都在山林里，有古色古香的建筑。但是藏地多半的寺院不是这样，它们依当地山势而筑，一间主要的大殿、广场与舍利佛塔，四周盖满了喇嘛住的小房屋，刷上一样的外墙色。没有围墙，没有什么道路规划，一切就是这样自然而成。

虽然寺院的外貌很随性自然，内在装潢却相当多元富丽，但是没有类似汉地寺院的知客室等香火服务处。除了一些历史上著名的观光景点会要求门票收费之外，其他地方都是随缘而行。殿堂内没有专为施主设置的光明灯，除了佛菩萨名号、佛像之外，不存在任何个人的名迹，看似复杂的壁画、佛雕，比起汉地嘈杂的香客声，是世界上最祥和的地方之一。

宗萨寺和其他寺院比起来，没那么金碧辉煌，大殿中至今只供奉一尊释迦牟尼佛像。在山下的学院里，自从20年前重建后一直到2008年，总算有了两尊佛像。这和寺主宗萨仁波切的理念相同，外在的建筑相当无常，盖太好迟早也会被毁坏。如果把这些钱用在培育佛门人才上，就是任谁也无法破坏的资产，所以外在的建筑与装潢只要基本够用就好。宗萨寺没有活佛的光环，也无须靠仁波切的名气来招生。二十几年来，四五百人挤在一间小小的殿堂里，让他们甘愿拥挤的是知足，让他们欢喜克难的是常乐。

宗萨寺像是一扇美丽的窗，跟藏地绝大部分的

▶对于洛热老师，我常说，我虽然被认证为蒋扬钦哲确吉罗卓的转世，但看到他——一位在"文化大革命"期间成长，拥有许多孩子的父亲——对西康的佛法、对蒋扬钦哲旺波等人倡导的不分教派运动、对德格宗萨寺及学院，乃至对一般事物如医药、唐卡、金刚舞的面具等所贡献的一切，我认为他才是真正的蒋扬钦哲确吉罗卓的转世。我很尊敬他，我想我不需要说太多，他本身将是最好的证明。

——第三世宗萨钦哲仁波切

洛热老师相当热情好客且和蔼可亲，外地来的朋友常常会情不自禁地称呼他"阿爸"。然后洛热阿爸也会很热情地用大嗓门说声："你好！扎西德勒！"他常常会带大家到后山走走。这里很多地方是没有路的，但对洛热老师而言，能走得到的地方就是路，能坐下来的地方就是最美的净土。

古老寺院一样，可以窥见许许多多鲜为人知的神湖、圣地、秘境美景。迄今为止，除了少数两三处之外，其他地方我都只去过一次。并非风景不美，或缺乏神话传说，真正让我留恋驻足的对象是这里的人文风情。

虽然外面世界的人可能都是先听过《西藏生死书》，进而才认识到宗萨寺，但是你可能没想到，宗萨寺当地可能有九成八的人不知道《西藏生死书》，甚至连索甲仁波切是谁都遗忘。但是他们一定不会忘记书里的灵魂人物——历代的宗萨钦哲仁波切带给大家的生死智慧，纵使第三世的转世活佛相隔多年才会归来一次，这里仍旧依教奉行。

我的第一次雪域之行就献给了这块土地，他们说："你不是过客，而是迷路的孩子回家了。"（哼！这么老掉牙的话也敢说！）

▲宗萨寺的周边有着菩萨大师们曾住过、加持过的许多神山、圣湖，都是未开发过的原始秘境，全部朝礼一圈得花上十几天时间。

宗萨寺左方的鸟瞰图

第2话
欢迎来到"吉卡若"的世界
这里又缓又慢的生活步调

高原反应并非最难适应的事。

藏族人问你："你饭还要吃吗？"
你说："嗯哼！"（你心想是还要吃）……然后你的碗就被收走了！

藏族"嗯哼"这个语气词，和汉语与欧美国家的意思相反。我们默认为"是""没错"的意思，但这种表达方式在藏地是相反的：是"不要、不好"的意思。千万要记得这个字，不然，一路上误会就多了。

到藏地旅游要带什么药品、吃的、穿的，都不是问题，重点在于先了解他们的生活态度与规则，以免在你还没享受美丽的风光之前，就已经被满脑子的"为什么"伤了脑筋。他们对近与远、长与短、快与慢、优与劣等，都有不同的标准。究竟是他们怪了些，还是我们快了些？出发前，请务必调整好自己的心理时钟！

"远得要命王国"

很多人曾为了电影《怪物史莱克2》里面KUSO"远得要命王国"（In a Kingdom Far Far Away）的内容而会心一笑过，其实那样的地方，并不是童话，在藏地处处都是。

台湾人习惯了地铁与高铁的极速生活之后，对时间的态度已经不同。但是到大陆就不一样了，纵使已经有了飞机与高铁，但是由于里程数超大，从一个省到另一个省也得耗上N小时的时间。台湾从北到南的距离，可能仅是这里一个乡镇之间的距离。各地藏族自治的城市里，除了拉萨与西宁、格尔木等几座城市有机场外，其他都是公路。往返每个小小乡镇之间的时间，相当于坐电联车南北环台湾岛，而且常是荒郊野外、悬崖险道，一旦遇上路障，可能还要等上一天的救援过程。所以，上车前请自备好可以打发时间的东西。

等你到了目的地之后，会发现藏族人对远近的标准完全不同。你问说："某某人去哪儿了？"他们回答"在'渣痛'（草原）那边"，或者在后山上，实际上

◀前往藏地的旅途并没有想象中梦幻，漫长且颠簸的路程让你精神疲乏。到了目的地并不代表噩梦就此结束，因为当地的时间、空间与生活观念，根本就是截然不同的世界……

这是指几公里外的山沟。那里除了县城之外是没有出租车的，因此，没搞清楚这些术语之前，请不要急着去找人，会累死你的！

"等一下"可能就是"等一年"

2009年11月7日的一则新闻报道说，英国人的耐性只剩下八分二十二秒。受到快餐文化和科技的影响，多数英国人发现自己的耐性变差了。最容易令人失去耐性的是客服人员说"等一下"，结果等上五分零四秒，他们就火了；约会迟到的时间则以十分钟为上限。你的耐性剩下了几分钟呢？

还好，我被藏族人调教过了。在比较偏远的藏地，如果做一件事，对方回答你说"下午再说"，是指一直到午夜十二点左右都可以算是下

▼这是洛热老师家三楼客厅的时钟，那时已经没电了，隔了半年后才换新电池。
藏地的钟表通常都是参考用的，除了寺院跟学院喇嘛上课需要之外，藏族人的生活不太需要秒针与分针，甚至不需要刻十二个钟头，只需标出上午与下午两个时段即可。

午（而且爽约了也不会通知你）；"明天看看"，就是明天有机会看，但是不一定；"过几天再说"这句话的意思是过三天到一至三个月，都可以算是过几天再说；"慢慢再说"这句话，就是要做的机会微乎其微的意思。所以如果你想增加耐心值，最好的方法就是来藏地住上一两个月，因为他们可能会改写你字典里关于无聊、浪费与废话的定义。

受过无数年礼仪文化熏陶的你，举手投足间都很优雅，讲话也十分客气，但是这些在传统藏地都是多余的。他们进门前不会先敲门，没经过你的同意就先把东西借走，只因为他们认为你是他的好朋友。但当你有难时，他们会排除万难来帮你，甚至真的从腰间"拔刀"相助也在所不辞，前提就是你别跟他们讲那些道理。相对的，你也得完全包容他们的任何借口，如果你伤害他们，他们也会恨你入骨。

有一次，我的房间被闯空门①了，被翻箱倒柜取走了很多东西。我气得冲去主人家报案时，还没开口，他们居然主动笑着问我说："今天有没有感觉你的房间很乱呀？"一问之下，才知道原来我暂居的房间有几箱他们的东西，他们派人去拿，不知道在什么地方，只好一箱一箱翻着找了。我听了气急败坏，他们却笑脸迎人，真是让我哭笑不得，因为他们并没有恶意。绝大部分藏族人不过生日，但是他们很乐意跟你这位好兄弟同年同月同日死。他们是"黑"道，是全身晒得黑黑的那种黑道。除了喇嘛之外，不少藏族人的教育程度并不高。因此，他们不懂什么深奥的意义，但是他们心清如雪，义重如山。

吉卡若（ཅི་ཁ་རོག）的标准

"吉卡若"是康巴藏语，也是堪布才旦的口头禅，有点类似"切！无聊！"那种不屑一顾的口语。堪布看到有人在看电视、在玩、在聊乱七八糟的事、在浪费时间，一定会骂这句话。对他而言，学生不用功学习、做其他事，通通都是吉卡若的！这句

---

①闯空门：住处有人闯进来过或遭遇窃贼。

话也成了洛热老师的铁棒名言，当地任何喇嘛在他面前根本不都敢玩乐。

当然，当地藏族人也常爱把这句话挂在嘴边。当他们无法理解那东西有什么乐趣时，就会不屑一顾。因此，如果你到了这里，光听这句话，就可以判断出对方对你的评价。我们认为很美妙的事物，可能会被他们视如粪土。

例如，冰激凌或棒冰，在汉地或欧美国家应该是老少咸宜的零食，但在这里是小娃娃才吃的。大人吃了会被笑，只有在很热很热的时候，大人才会勉强吃上一根。而你认为很炫的游戏或歌舞电影，甚至是很可爱的卡通公仔收藏品，传统藏族人看不懂有什么特别之处。有些藏族人看藏族唱歌跳舞的节目，制作方式都很粗糙，好像台湾第四台①最后面几台的地方卡拉OK：歌手在唱歌，背景风景一直换，这种影片，他们也能看上一整天。如果你把电视转到他们看不懂的谈话性节目或娱乐节目，出现某某大明星，都会遭到冷眼看待。所以到这里的第一件事，就是不要跟他们抢电视看。

传统的老藏族人对"吉卡若"的定义比较严格些，较趋近于出家人的生活。对他们而言，看电视节目、唱歌跳舞、打牌都是浪费时间的事，不如多念佛、去转转佛塔或摇摇手上的转经轮。所以当你处在有中老年人的场所时，应尽量避免嬉闹玩乐，这会让他们有轻浮的感觉。

▶当地的藏族人正在对神山顶礼。
虽然他们不见得能讲经说法，但是整个地区在佛教文化的熏陶之下，对于生活的各种观念与习惯都跟外面的都市大不相同。

①台湾早期只有台视、中视和华视三家电视台。1997年6月11日，民间全民电视股份有限公司正式开播，成为台湾的第四家电视台。

▲洛热老师的女儿扎西拉姆（右）与兄弟姐妹们正悠闲地待在家门口和大家闲聊。洛热老师为了方便接待来宾，直接把新家设在宗萨寺的入口处（车辆可以抵达的地方）。外观就是普通的藏房，入口处也是小小的巷子，完全没有一般观光寺院的喧嚣感。

对他们而言，转山朝圣的路上，坐在路边草地上，看着高山野花，喝上一口茶，就是世界上最美妙的事。安安静静地坐在床座上，看看经书，对他们来说就是最充实心灵的事。他们对浪费时间的定义不同，不会没事找事忙着做。

活佛喇嘛做的任何事都不是吉卡若？

这里的藏族人的生活很单纯，但是在对待喇嘛的文化上复杂多了。

用餐时间到了，明明看到上菜了，主人却说你不能先吃，要先给喇嘛吃过一轮后，你才能吃。喇嘛在藏族人心中地位崇高，所以在口语上有对喇嘛使用的"敬语"，类似你变成了"您"，吃东西为"请享用美食"，去小便要说成"如厕去"……

只要有喇嘛的身份，无论年纪大小，都是你要尊让的对象。有时候你会觉得不过就是个不懂事的小喇嘛，为何要礼让他呢？如果你没有藏传佛教信仰，会比较难接受这样的差别待遇，你会觉得这些保守的规矩才是吉卡若。

藏传佛教历史上有着无数个疯狂喇嘛的传奇故事，如密勒日巴大师的故事，也有上师会朝弟子吐口水、用臭拖鞋打弟子的头，甚至还要弟子去跳悬崖，无论如何不择手段，都能当头棒喝让弟子们成佛，因此绝大部分藏族人认为喇嘛是至高无上的，他的一言一行都可能是让你成佛的方法。

这个理论在佛法上是没错的，因为上师就是要用逆向的方式，来打破弟子对世俗的各种偏见与执着，以毒攻毒。但是这样危险的火候，却很难掌握好，脱序的行为很容易模仿，但是精髓逐渐失传。

未来随着交通发达与科技产品的引进，不晓得淳朴的藏族人的价值观是否也会随波逐流地改变呢？信仰如果产生了盲点，喇嘛背后的目的是吉卡若还是满满的慈悲心？吉卡若的定义要如何界定？公道自在人心。

第3话

老黑堪布

本书又黑又凶的主人翁：堪布才旦

第一次见到他，是在宗萨学院的一间漆黑的房间内。

刚到宗萨寺不久，噶布老师带我们这群新游客到处参观，宗萨学院就是其中一站。我们进到大殿旁边的暗巷里，摸黑上二楼，又经过一道黑黑的长廊，到了堪布的房间内。我们一群人想在门前顶礼这位大喇嘛，他却急忙向我们连声喊道："哎！哎！不！不！不！不要磕头！快起来！"这情况让我很熟识，因为我的师父久美堪布也常因自谦之故而这般阻止我们行磕头之礼。

虽然是第一次见面，心里却既开心又紧张，当我踏入门内一眼看去——"嗯？怎么全是黑的？"他背对窗户坐着，明明是白天，却像月夜一般光影迷离。堪布的整个身影全是黑的，完全看不清楚五官。在大伙儿请教堪布种种问题的时候，可以感觉到这位老黑堪布是位相当谦虚且客气的人，话不多，喜欢听我们自我介绍，还常常发出短促的"呵呵呵"的笑声。这下子跟我脑海里先入为主的凶狠形象完全不同，或许因为我们是客人，所以看不到他真实的一面。

家家户户供奉的喇嘛法相总是少了他

堪布的"黑"并不只是指长相很黑，还有低调到没太多人注意到他存在的黑。他虽然是宗萨当地的三大堪布之一，但是当地似乎没有太多人认识他。一般而言，这里家家户户的墙上都会挂上很多佛像与活佛喇嘛的照片，但是我几次拜访参观后，发现就是"三缺一"，多半只挂有老堪布贝玛当秋与老堪布的学生堪布彭措朗加的法相。我心想：难道老黑堪布在当地的地位只是位"C咖[①]"的普通喇嘛吗？

我问了洛热老师的儿女们。他们说，常私下称呼堪布为"老黑"堪布，但是他可不简单，因为他是目前任期最长的大堪布，只是因为行事很低调，下课没事就待在房间里，要不然就是在学院屋顶上散步，人站得高高远远的，看不

①C咖："咖"是闽南语"角色"的汉语发音，"C咖"指不入流的小角色。

清楚（也没人敢站着跟他上下直视相望）。学院大殿里的采光并不好，堪布的座位又刚好在最深处。一些老百姓在门口参与法会时，也看不清他的五官。他几乎从不上街或去附近转山或郊游，所以大家对他相当陌生，"老黑"的称号便是这样来的。

他虽然低调，但学院的学生人数是历代堪布以来最多的，每年从外地慕名而来的人不断增加。又黑又吸引那么多人来，难不成他跟"黑洞"一样？神秘的吸引力不禁让我想一探究竟，便决定要进入学院来旁听。

▼这是老黑堪布房间座位窗外的景色，刚好在大经堂的旁边，通常他只要打开窗，随便唤一位路过的学生，就可以办事，不需要亲自出房门跑腿。

体验学院生活

"我想进学院体验喇嘛的学生生活！"大家听了我这要求，都很惊讶。一个不懂藏语的外地人，一下子就敢进入严格的学院生活？噶布老师虽然乐观其成，但还是得先带我去请示堪布们，看这些"老大"是否同意。

首先到老堪布贝玛当秋那里。这位老堪布很可爱，我以为他会问很深奥的佛法问题当作面试题目，他却只问我："喝得惯酥油茶吗？""啊？嗯……应该能习惯吧！"我既纳闷又觉得好笑地回答。老堪布也笑着说："能习惯的话，就进来住吧！"紧接着又转往堪布彭措朗加与堪布才旦的住处，他们俩各自都说没问题。或许他们觉得我只是进来体验、玩几天罢了。就这样，我便进入学院，体验了十几天的喇嘛生活。

当然，校有校规，岂可容许游客随便旁听跟课呢？虽然这所学校教的不只是佛法，还有其他如天文、历算、诗歌等课程，但毕竟仍是以喇嘛为主的传统学校。所以喇嘛衣服是校服，不管你是否出家受戒成为正式出家人，只要在校区内上一天课，就必须先剃头、换上喇嘛的衣服以入乡随俗。这对我而言，就好像电影《修女也疯狂》里乌比·戈德堡的情况一样，当然这又是另一段繁复的过程了。

我终于入住超古老的宿舍了！由于我听不懂藏语，噶布老师就帮我安排一位亲戚担任我的临时指导老师与翻译。说实在的，这里的情况跟我想象的差很多，喇嘛的生活不就应该很缓慢吗？但是这里的作息让我忙得不行，感到新奇又害怕。

由于下课时间少而短，我根本没有多余的时间去拜会那位老黑堪布。堪布偶尔一两次会在自习课时，从窗口来探视我，但还是很客气的态度，我只能通过这样一些零星的时间去了解他。

▲老黑堪布的恩师就是前两任的学院首席堪布贝玛当秋（左一，第十任）与堪布彭措朗加（左二与右图法座上坐者，第十一任）。老黑堪布虽然二十九岁才入学，但极度沉稳内敛的个性与精进求学的精神，或许是他从众多同班高才生中后来居上、脱颖而出被选为接班人的最大原因。

当地学生对老黑堪布的印象

课余时间，我偷偷打听其他藏族学生对老黑堪布的印象。

"请问，他是位和蔼可亲的人吗？"答案相反，学生几乎异口同声地答说："堪布很凶！我们都很怕他，连看他一眼都觉得很可怕！"我问说："有这么恐怖吗？那你们为啥要来跟他学习呢？"这些喇嘛学生又自信满满地说："因为他的书教得好呗！"甚至有喇嘛说："他是我这辈子见过的最棒的堪布了！虽然还有其他很多大堪布，但是我最喜欢他！"听完这些，我相信你一定也不太能接受这些学生对他又爱又怕的理由。我也更想去了解这位超级低调却又声望非凡的喇嘛，他的过去到底是怎样的。

没什么好写的自传？

没来宗萨之前，我一直觉得藏传佛教的大活佛一定都是很神奇的人物，传记里一定都有超自然的出生瑞相，或有特殊能力。因此，我在想，学院的大堪布应该也是一样的情况吧。老堪布是从死牢里活过来的，又遇到"文化大革命"，有一段相当长的奋斗史。

堪布彭措朗加是老堪布的"心子"，从十几岁就开始跟随在老堪布身边学法，23岁就取得了大堪布的头衔，可以说是天才型的上师，智慧过人。他成为老黑的上师，而老黑的年纪比他还大几岁。

仔细想想，这位老黑堪布真是让我纳闷极了。用功的喇嘛很多，为何会选他接任如此重要的堪布首座呢？我一直追问老黑的故事，他说自己就是个普通喇嘛，没什么好写的！

老黑堪布，正式的佛教藏文法名叫堪布蒋扬罗珠（意为"文殊智慧"），堪布"才旦多吉"（长寿金刚之意）是他的俗名，大家习惯以"堪布才旦"来简称。

他平民出身，是青海玉树某户牧民人家的孩子。一般藏族人都是从小就出家，他却是19岁时才出家。那个年代的孩子根本不知道世界上有所谓的"喇嘛"或"出家人"，只有在极少数的藏族庆典活动中，才会看到表演用的喇嘛服饰。

中学毕业后，准备再升学时，得知宗教已经初步开放，可以当喇嘛了，他就在青海省的玉树冬聪寺剃度出家，那年大约19岁。几年后因为表现良好，当了三年的寺院管家，成为该寺大活佛信任的弟子之一。

后来他去闭关了三个月，才开始接触佛法。第一次尝到探讨佛法的法喜，于是便请假去宗萨学院念书，陆续成为堪布贝玛当秋与堪布彭措朗加的学生。一年、两年、三年过去了，他还不回来，寺院发出了警告，依然抵挡不住他对佛法的热爱。

直至现在，他没想到自己这样一个既普通又稍有年纪的老学生，居然会被堪布彭措朗加直接命选为第十二任大堪布，可以说是大器晚成的典范。他蓦然回首，年岁已近半百，还深深觉得自己只不过是一个不懂事的喇嘛。

连宗萨仁波切来了也不停课

时间回到2004年8月中旬，我在学院的体验生活过了一周后，得知该寺的老大——第三世宗萨仁波切要返回寺院的天大好消息！各地寺院相关的活佛、堪布、喇嘛、长老纷纷慕名而来，宗萨寺也为仁波切安排了一系列参观与弘法行程。每天都是人山人海，只为了见宗萨仁波切一面。

学院只安排了一天的辩经观摩活动，与可以加持学生开智慧的文殊菩萨灌顶法会。除此之外，学校没有因此停课，想向仁波切求法的学生须自行请事假。在这个热闹的时期，老黑堪布没有请人代过课。其他地方相关传承的寺院、学院的活佛大堪布们，几乎都会请假前来求法，天天都围绕在仁波切身边。一想到这儿，我真是搞不懂这位老黑堪布在想什么。这么难得的机会，让学校停课几天，或请人代几天课，又有什么损失呢？

同时，因为老黑堪布得知我再过几天就要离开了，便把我找过去帮忙做事，要我帮他备份一堆藏文佛典资料，用一台只有几倍数的龟速CD刻录机来烧录（当时的电脑硬件条件还是Win98的时代）。我就是这样被迫陪老黑堪布留在学院里，不能去拜见宗萨仁波切。

我趁机问他为何不去找宗萨仁波切，他说："没什么，我的工作就是教书，而且那边人山人海，我整天陪大家围着仁波切散步、聊天，也没意思吧？"大多数活佛喇嘛都恨不得跟仁波切熟识一点，好得到更

好的加持，但老黑堪布不这么认为。宗萨仁波切是宗萨寺与学院的主人，而老黑堪布是这所学院的老师，做好分内的事就是对仁波切最大的供养与敬意。

▲堪布才旦正在督导学生们的辩经情况。十年前他刚上任时，因为没啥名气，许多学生纷纷退学或转学。但是老黑堪布对教育的热忱是抵挡不住的，纵使他为人十分低调，至今慕名来此学习的人数已是当年的好几倍。

重返雪域的约定

我不愿意相信这短短的一个月，就是我人生藏地电影的全部片长。我不得不开始去想一些鬼点子，让这故事还有"续集"可拍。我想到手上的一串红珊瑚念珠，突然有了一个idea（主意）！我希望能跟堪布交换念珠。堪布听了之后，觉得我这个怪主意实在太妙了，因为从来没有人这样跟他要求过，他便乐观其成。

离开宗萨前三天的中午，我和堪布约在学院屋顶上。我站到堪布面前，把手上的一串红珊瑚念珠摘下来，跟他说："这串念珠跟堪布交换，希望我一两年后能有机会再回来，到时再跟您换回来。"堪布也取下自己手上的象牙念珠，说这串念珠刚好也戴两年了，希望我戴上后，两年内能再回来。有了这样的约定，我不相信我会回不来！

一年半载后，我结束了义务兵役，最终还是回来了，如愿以偿地跟老黑堪布换回了念珠。2006年3月，我第二次返回宗萨后，花了半年的时间在当地学习藏语。学了几个月，发现进度缓慢，因为生活步调慢，生活也比较没办法自律，不是用电脑，就是外出郊游，找我修电脑、修手机的人也多。简单地说，我的生活就是"吉卡若！吉卡若！吉卡若……"此时，我还不知道自己想做什么、该做什么。

于是我向堪布才旦说明了窘况。堪布说："只要你学会基本的藏语拼读，就可以直接来我们的学院就读。"我惊讶地说："什么？要我念学院？我才刚学藏语而已！这不会太难吗？那是全藏语的课程耶！"

堪布说："有很多小喇嘛也是没念过什么书，他们都能来住着学，你这位大学生为何不能？再说，只要你来这里当学生，有严格的校规保护，就不会有外人随便找你玩乐或修手机了，保证你有很多时间不得不学藏语！"当时，我觉得堪布的要求有点强人所难。

同年11月，我第二次准备离开宗萨时，还是害怕不能再回来。当年用交换念珠当作第一次约定，这招已经用过了，现在该换什么约定呢？于是我在离开前两天，向宗萨藏医院要了一张"复写纸"。我去跟堪布才旦说："堪布，请您帮我填写学院入学的单子！"这回，堪布再度被我雷到了！我用复写纸垫在下面复制一张，告诉他："一张您留着，一张我带回台湾。"这张正式成为宗萨学院的学生证，就是我跟堪布的第二次约定："现在我是您的正式学生了，我一定会再回来的！等我！"

这一刻，我才开始相信：当初看到那张小丸子爷爷的喇嘛照片，不是因为相貌美丑而感到纳闷与惊讶，而是如见亲人般的似曾相识。毋庸置疑，老黑堪布是我在雪域的第一位启蒙恩师。

▶麦宿地区的海拔有三千六百多米，人口仅有三四千人，而喇嘛就占了多数。
宗萨学院就坐落在宗萨寺的山脚下，接下来所经历的趣事都是在此发生的……

正篇／雪域窗内

2007年6月，
我第三次重返宗萨，
履行了和堪布的第二次约定，
正式来学院当学生。

我的雪域原味生活

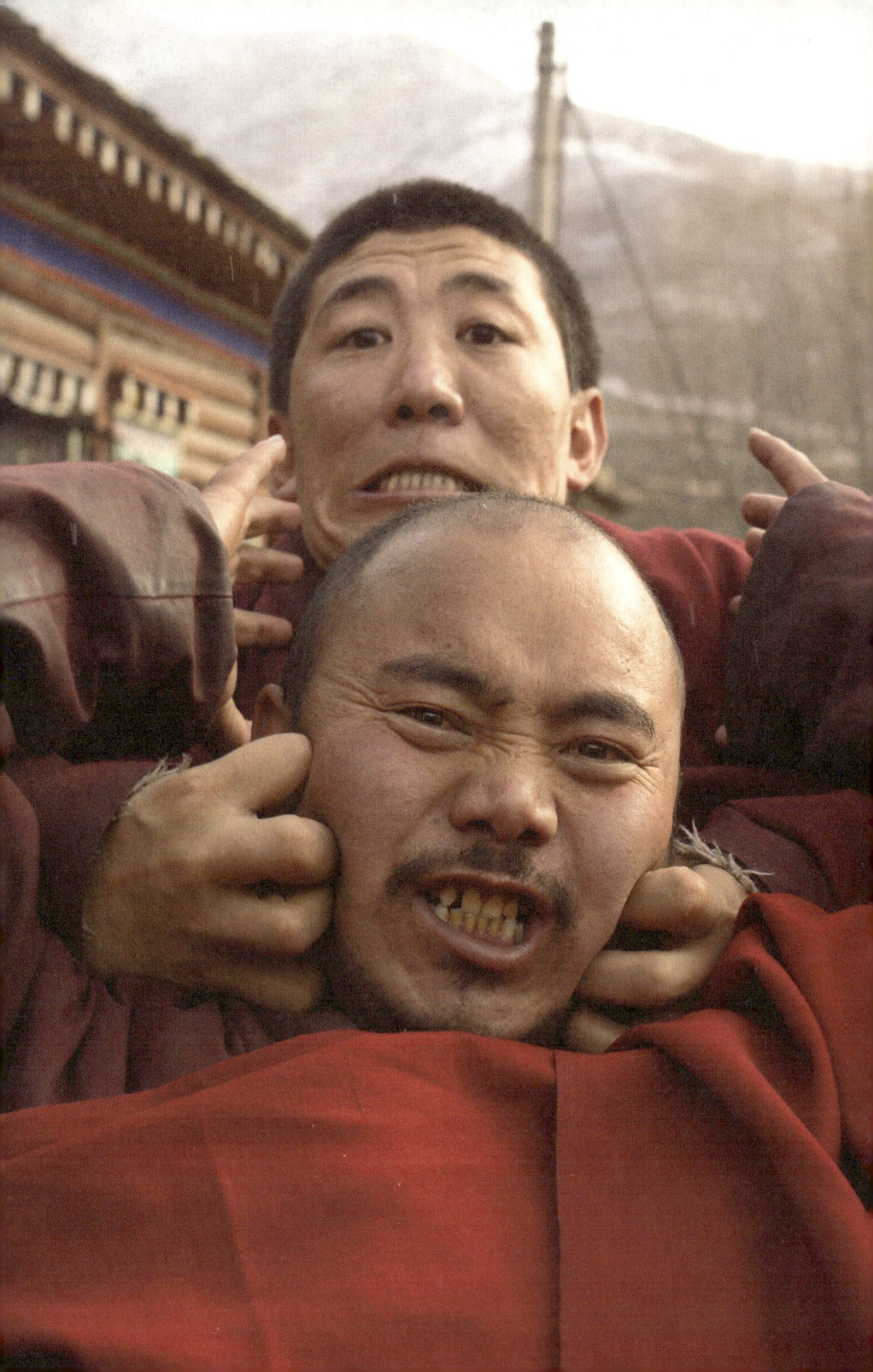

第4话
分秒必争的24小时
学院超严格的作息

这里可能是世界上休息时间最短的学校，
在分秒必争的严格作息里，
要学会怎么逮到心中的那个"恐怖分子"！

　　汉族人到了藏地，会被藏族人称作"架"（rja）①。"架"就是"汉族"的意思；"细架"（psi rjal）则是指外国人。印度、尼泊尔、不丹等少数国家因为跟藏族比较有渊源，所以另有藏文。很多藏族人都知道美国，所以他们都直接念英文的音译"阿妹利喀"。又因为藏文没有"fa"的音，所以"法国"念不出来，变成"ba"音的"霸国"，"发电机"就念成"八电机"，所以美国人爱骂的"fuck"，他们是学不来的。"yu"的音也念不出来，"原人"会念成"炎人"，听起来有点台湾腔，备感亲切。

　　话说回来，汉喇嘛因此就会被叫做"架喇嘛"，听起来就像是"假喇嘛"。老外喇嘛更尴尬，变成"死假喇嘛"，真是Orz②……很多汉地法师来到藏地，误以为藏族人是在讲普通话，还一直澄清说自己是"真"的喇嘛。安多语系的藏族人口音更有趣，"架"那个字会念成"怪"，就成了"怪喇嘛"。你或许会以为这只是巧合的误会，但是其实他们口中的"架"是有含义的。

　　"架"与"细架"在藏族人的观念里，或许都是有排他含义的。我刚到宗萨那几年，有很多次被人喊"架！架！架更！"（汉老头！）学院的学长就理直气壮地跳出来帮我喊冤，骂对方说我是有藏文名字的，不要这样乱喊！虽然如此，他们还是习惯用一个"架"来取代你的一切。

　　因为在宗萨寺定居的汉人就两位——我跟金巴喇嘛，因此在当地，只要是听到"架"，一定是在指我，不然就是他。但是因为金巴来宗萨较早，所以大多数老藏人都以为我的名字也叫金巴。跟我比较熟的会叫我原人，熟一点的会叫我当地的藏名"达瓦策令"（月亮长寿）。洛热老师比较幽默，他看我很古意、憨厚老实的胖模样，叫我"雍拉喇嘛"，意思就是有福气的财神喇嘛。

　　所以，如果你想证明自己在藏族人朋友群里的熟识程度，从"架"的称谓上就可以判断。

① rja：藏语"汉族"的拉丁字母转写，为的是更精确地还原藏文的发音。
② Orz：失意体前屈，是一种源自于日本的网络象形文字（或心情图标）。这三个字母排列在一起像一个趴跪在地上的人，用来形容被事情打败或很郁闷的样子。

两个世界
——校内外落差甚大的时间观

之前提到藏地的时间很缓慢，约定一天的事可能会拖上一个月，但在这学院内根本就是两个世界！一墙之隔，时间跑的速度倍数差很大，甚至比都市快上许多，常常像洗桑拿一样。放假时在户外像牛一样慢慢活动，一回到校内就得快马加鞭，这就是当学院学生必须学的第一堂课：拿捏好分秒的速度，决定你来去自如的境界。

一般学校的规矩，通常有下课十分钟、午餐、午休、体育、社团活动，傍晚下课后就可以自由活动了。当过兵的人可能会觉得军营是世界上最不自由的地方，白天操课，晚上就算没事也只能待在营房里，每周只能

学　院　的　作　息　时　间　表

- 05:00 — 05:30 起床
- 06:00 — 07:30 晨间复习课
- 07:30 — 08:10 早餐时间
- 08:10 — 08:45 中初年级念诵根本颂／高年级课程★
- 09:00 — 10:00 主课时间
- 10:10 — 11:15 辩经课程★
- 11:15 — 12:15 午休时间
- 12:15 — 13:00 午餐时间
- 13:00 — 15:30 午自习
- 15:45 — 17:00 晚课时间★
- 17:00 — 18:00 初级班复讲时间，高级班进阶课程
- 18:10 — 19:00 辩经课程★
- 19:00 — 19:30 傍晚休息时间
- 19:30 — 00:00 晚自习（22:00下课十五分钟）
- 00:00 就寝

标注★者，表示只有该时段可请病、事假。

回家一天半。

但是你可能没想到，绝大多数的藏地佛学院学生，有着比监狱囚犯更严格的生活作息。有些年轻的喇嘛待不住，但是也有很多人乐意被"关"进来，甚至愿意一辈子住在这里，因为他们认为这里是世界上最快乐的地方之一。

校规很简单，一旦发现学生有手机、电玩等娱乐用品，马上没收并现场摔毁，并将学期末奖学金全数没收；禁止到校外附近餐馆内用餐。此外，如有伤人、恶语、造谣等事，一律退学。

2009年，有学生因为不满学院商店的喇嘛卖假货（山寨劣等品），在校园内的柱子上匿名张贴字条，要大家一起拒买学院商店的产品。虽然最后没抓到元凶，但后来堪布还是公开严禁这种八卦举动。

平安无事就是这院子的校规，没有学生敢冒险。像电影《高山上的世界杯》中，几个喇嘛为了看世界杯转播而在晚上偷跑到校外去的情况，在宗萨学院是绝对不会发生的，因为一抓到就是退学，投机的风险太高了。

学院没有白纸黑字的请假单，正课、复习课、布萨日与例行法会不可以请假，重病或重要宾客来访除外，需要亲自向住持堪布请假。除了公假外，其他形式的事假，无论长短，只要去铁棒喇嘛那里告知一声即可，哪怕是请五分钟假去上厕所也一样，都要在归假日当天的晚课期间行大约二十分钟的磕头礼。

虽然没有请假单，但请假是要收费的：辩经课程时段五元；晚课时段十元；迟到二十元，而且须在下午提早十分钟磕头，并加供佛灯十盏；如果请一天以上的事假，就直接从零用钱中扣除。三年以下的低年级，每月有三十元人民币零用钱，按照年资增加十至一百元不等，请一天假只扣一至五元，虽然比较划算，但损失的是自己的课业。虽然请假要花小钱，但学生请假的情况还是很频繁的，每天至少都有十几名，从当天晚课时间的磕头阵容就可以表明。

堪布说了算——公私难分的"公假"

而我请假的情况呢？通常是附在公假的空当里，除了返回台湾的情况外，我从来没在上课期间请过一次私人的事假。堪布才旦说，只要是宗萨相关的公事都算公假，包括寺院、学院、藏医院等，而且只要是宗萨大堪布们或洛热老师开口的任何事，无论内容是私是公，都算是公假。因为他们认为这是上师要求的事，不是私事。这样的山寨规矩在都市里应该很罕见吧？

通常午自习或整个下午时间，堪布或寺方都会来找我处理电脑问题，或设计一些东西，事情完成后，就能利用剩余时间做一些自己的事。有时候，我会陷入很尴尬的境地，常常在公假期间，却要帮一些喇嘛修电脑，或寺方的人找我，喊我上山去，只是为了送我一包吃的东西，根本不是做事，但在堪布与铁棒喇嘛眼里又算是公假。这么一来，公私全混淆在一起，我下午去缴费与磕头也怪，不磕头又会良心不安，所以只好在自己房内忏悔，或事后私下去堪布面前自首。

不能讨价还价的千年"锣声"

"当当当当……当当当当……"上下课的钟铃声，是我们学生时代的共同印象之一。但在这学院里却是以铜锣为钟，乍听之下像乡下卖膏药的来了，但是敲法又不一样。

铜锣这类传统乐器的共鸣声比较自然且悠远，下课钟比较短，轻轻三声，意思一下便知。但上课钟很有学问，前五至十分钟会慢慢敲，靠近上课时间便会越敲越急、越敲越响，具有收心的作用。因此，就算整天不戴表，也完全可以用耳朵跟上学院的作息节奏。

此外，如果负责敲锣的人忘记时间，下课时间也不会延长，多忘记五分钟，大家就少五分钟，堪布与铁棒喇嘛并不会责怪。这样无理的规矩，我想应该是喇嘛大师们要告知大家的"无常"道理吧。要把握自己的时间，想跟时间讨价还价，你我永远都是输家。

　　尽管现在已经有条件可以升级成电子式钟铃了，甚至还能播放音乐，但藏族人还是喜欢这种饶富宗教意义的铜锣，还会再敲上几十年、几百年吗？这便不得而知了。

　　一般外面的学校，通常一堂课的时间是一小时左右，纵使是两三堂课连上，也一定会有中场休息时间，但是这里没有。一、二年级在上九点正课之前，教室早有另外一堂高年级的课程。只要他们提早或稍晚下课了，就会影响到下一堂课的时间。

　　上课之后，堪布完全依照自己的进度来决定下课时间。有时候他生气了，五分钟就下课（但是剩下的

▲学院的茶房像仓库一样，很黑、很破旧，由两位老伯伯"嘎嘎"与"阿拉"负责，每天有两次免费供应热水的时间，另一次在中午休息时间。此外，他们也得负责大堪布房内的茶水与炭火。

▲学院的铁棒喇嘛或值日生正在屋顶上敲锣，但可不是卖膏药的那种敲打法。上课、下课与紧急集合等的敲法虽然都不一样，但是听起来很稳重悠远，在山上的宗萨寺里都能隐约听见。

时间都要罚背书）；有时候当天课文的内容太深奥了，补充讲解到十一点半，足足有两个半小时之久，已经快午自习了都还没下课，中间完全不会休息。想如厕的人就自行起身向坐在门口处的铁棒喇嘛请假。

学校只有十几位堪布与讲师，因为师资有限，所以不方便请假。其他各寺院与学院也因为距离遥远，因此鲜少能有代课老师。那么，停课一次或改成自习课不就行了？这就跟佛教文化态度有关系了。对藏族人而言，讲课讲到一半中断了是坏兆头，会有半途而废的缘起，不只影响到自己，也会影响该班的学生。所以老师们很辛苦，宁可忍病，也不能不上课。想请长假的老师得在十天前先跟住持堪布报备预约，以便安排代课老师。

堪布才旦自己从上任至今，连续上了十几年的课，从来没请过一天假。光是这一点，外面很多老师就应该很难做到吧？堪布说："这些年来，我没生过一次重病，大概是菩萨保佑吧。"在藏传佛教佛学院的传统教育中，教师的责任感很重，学生通常也信任他们，因为学生们在意的不是学习的时间表，而是成就智慧的进度表。

吃饭不再是皇帝大

早上七点十五分，复习课上到一半时，经堂旁边的茶房老伯伯就会开始敲铁板，提醒大家打热水的时间到了。明明自己的房间可以煮开水，为何要去打热水呢？因为下课时间有限，又要煮茶又要吃早餐，会来不及，所以很多学生会提着茶壶去打开水（清晨上课前先提到茶房门口地上随便摆着），把开水提回来后，只要放进

◄下课时间，学生提着
茶壶去打热水。虽然时
间仓促，但是仍须优雅
地行走。

茶叶煮三分钟就可以了。由于距离八点钟的课程只剩
下十几分钟，所以多半都是吃糌粑配藏茶，因此茶房
的热水很重要。

　　除此之外，学院并没有提供餐点，一切都要
自理。这还不打紧，连吃饭时间也不固定。大家通
常都会在中午十二点十五分到一点钟之间的午餐时
间，在房里用餐，但是因为怕吃太饱会打瞌睡，很
多学生便选择在三点半下课之前的一小时左右才用
餐。只要情况正常（不是一直吃喝了几小时），铁
棒喇嘛都不会干预。晚餐时间也是一样的理由，都
是到十点、十一点快就寝前才吃，这样难道不会伤

胃吗？可是全校几百人都这样做，也没见到因此而常请病假的人。

当我常常按照正常时段炒菜煮饭时，左右两边的邻居还在读书，等到他们快下课或快就寝前才炒菜时，换我在读书。二比一的情况下，我只好将就一下，煮比较没声音的面食，或干脆把糌粑揉一揉，将就一餐。因为房子隔音效果很差，所以吃饭时还要考虑到邻居的习惯。后来隔壁邻居南加告诉我说："你不用担心我们，那些炒菜声音大家都听习惯了，完全不会干扰人的。"

后来，自从三合一咖啡引进之后，他们终于不用再因为瞌睡的问题而乱了饮食时间。堪布还笑我说："睡不睡与吃不吃都是自己的问题，我活了三四十年，也没有喝过咖啡呀！""学问"与"面包"哪个重要呢？在这院子里，每个人心中各有不同的答案。

慢中取胜的"下课十分钟"

我们的制服是喇嘛装，但因为顾及宗教威仪，除非有迫切的要事，否则是不能在校园内奔跑的。堪布就曾这样公开警示过学生："只要我看到哪个学生慌乱地在校内外奔跑，就直接打下去！因为他不能管理好自己的时间，才会落得迟到的下场。""持戒"是堪布故意隐藏在这十分钟内的两个课题之一。

这样的规矩使下课十分钟变得十分有挑战性。公共厕所在校外一百米处，来回也要两百米，光是慢慢走就得花上五分钟。有时候提早五分钟上课了，结果走回来时还是判定为迟到；有时候跑得要命，差点跌进屎坑里，赶到教室时却等了半小时还没上课。

学院的一天中，最长也最忙的下课时间就是十一点十五辩经课程结束后，有半小时之久。想要打水、买菜、上街买日用品、打公用电话、上厕所、去藏医院看病、洗衣服、晒衣服、剃头，还有继续辩经的，通通都在这个时段。这是学生们一天当中最忙的时候。

一天只有七次左右的下课时段，老学生们很精明，会分配好想做的事，哪一次去上厕所，哪一次去找朋友，哪一次去商店买东西，哪一次去请教课业问题。特别是晚上十点钟最后一回下课，是大家最忙的时段，整个校园咚咚咚咚地都是踩在木板上的脚步声。因为时间紧迫，每次只能准备一两题的课业难题去请教附近的讲师。一天又一天在课堂上累积了无数个未解答的问题，每天却只有五次下课十分钟的时间，究竟要等到何时才能清仓呢？"精进"就是堪布故意隐藏在这十分钟内的另一个课题。

此外，高海拔的藏地的冬令与夏令的日照时间相差甚大，夏令时间到晚上九点才会天黑，冬令则是晚上七点天就黑了。日落直到"伸手不见五指"时就得进房的规矩，也是来自于佛经戒律，所以两个季节的作息时间差了一两小时。当然，夏季时间（大约藏历二月中旬）不会让大家等到晚上九点才进房，通常在晚上七点十五分就敲锣；冬令时间则提早到七点，虽然只差了不到半小时，但是气氛完全不同。

冬天天气冷又提早天黑，感觉上晚自习的时间跟隔天早上的复习课都很漫长。堪布和大部分用功的学生都比较喜欢冬令时节，一来时间长，二来户外很冷不想出门，大家比较能收心。再加上冬天因为雪灾等种种问题，容易断电，电厂一缺零件，从都市请人来维修就要等上好几天。大家点着白色蜡烛在寒冬中苦读的情况很有趣，就像古装剧里演的一样！

学院的一年好像只有二十四小时

　　学校规定没超过晚上十二点，不可以上床睡觉。光是这一点，全世界大概没有几所学校可以办到（也不敢这样办）。但是一般十一点半过后，堪布与铁棒喇嘛就不会来巡视自习情况了，因为他们知道这些时段有些学生可能在做自己的修行日课，譬如打坐或礼佛，这些在大部分上课时段是不方便做的。如果铁棒喇嘛这时无预警地开窗视察，学生又刚好专注在修行上，是会被吓到的!

　　我在睡觉前，总是习惯先探探窗外，看看有多少户已经休息了。基本上十二点刚过，对面的上下整排宿舍全部都还是亮的，我总怀疑他们是不是都开着灯睡觉。

▼这照片是晚上十点下课时间拍的，学生到讲师房里蹲着请教难题。

两个人一起住有个好处：一人先睡，一人晚睡，先睡的人先起床念书，然后时间到了再叫另一个起床，这样就

不用怕会有睡过头的问题。但我是一个人睡呀！睡得太少，白天又没精神，我不是超人，短时间内没办法向那些二十四小时不休息的菩萨们学习。

听说学院刚重建时，大家都要把当天所教的内容背下来，没背熟就不睡觉。如果自己先睡觉，隔壁同学还在念书，这样难免会有压力。所以那时学生通常一天只睡两三个小时，真不晓得他们是怎么熬过来的。不过，这样的风气已经逐年消减，跟世界各地的其他普通学校一样了，一届不如一届。吃苦耐劳的奋斗精神和时代所带来的富裕物质环境成反比，是不争的事实。

早上五点三十分会敲起床锣，只是象征性地简单敲三下（根本听不清楚，我还是得设定闹钟）。这时大门会打开，想上厕所的人才能出得去，又是另一天的开始。

学院的假期并不长，暑假只有一个月，寒假只有过藏历春节的三天，但是多了"秋假"。原先的用意是希望让外地来的学生去托钵乞食，因为要过冬了，大雪封山，所以须提早准备粮食。但由于现在的环境与物质条件比较好了，所以演变成形式上的假期。另外，还有六月期末考前的夏嬉节，算是学生的毕业园游会。除此之外，一年下来再加上配合寺院的活动假日，假期不到六十天。

暑、秋假期间，大部分学生会返乡探亲一趟，同时也准备下学期的粮食。用功的学生会到堪布那里请求另外开班讲授短期课程，对这些学生而言，假期有没有让学业加分，就要看自己是否有心去活用了。

或许是学院生活太规律，让我想起2005年当兵的日子，规律的训练生活感觉既漫长又迅速，一个月就像眨了四次眼一样。我跟堪布说这种时间过得很快的错觉，他笑着说："大部分喇嘛都有这样的感觉！很好！"在宗萨学院的作息时间很长，半个月休假一次，而且只有半天。平常上课日，上午四堂课，下午三堂课，一下子就到晚上了。半个月放一次假。休两次假后，一个月就过去了，一年算下来也只有二十四次左右的休假，这样算下来，铁棒喇嘛每次的敲锣声，就像是学院岁月的"秒针"，一年像只有二十四小时……

密集而充实的作息让时间感觉变快，这是好事。堪布才旦当初要我进学院来，就是这个用意。他说，在学院学习藏文三个月，远比自己在外面学要快上十倍，我现在才深深享感到这个利益。我跟堪布说：
"学院的生活真是良药苦口，但还是免不了苦。在学院
这样不同的世界里，累了也不可以休息，一早到晚几乎
没办法闲着……"堪布看我在唠叨，感觉很有趣，仿佛
嘲笑我的无知说："好……这样很好！"最后，他随口
告诉我一句出自《萨迦格言》的话："智者忍受短暂的
痛苦而求智慧，愚者享受短暂的快乐而痛苦。"

　　我从小在台湾升学主义的环境下长大，总是习惯
强迫给自己压力。刚到这里时也一样，心中总是感觉
有一颗恐慌不安的炸弹。现在听了堪布的话后，总
算安心了许多。当然，我深信自己心里还有许多未爆
弹，等着瞧吧！

我的雪域
原味生活

第5话

喇嘛72变

你应该认识一下的喇嘛造型与身份

宗萨的嘎谷禅修院在夏季时举办了藏传佛教主题的舞台剧，
由一名喇嘛饰演密勒日巴一角。
密勒日巴虽然是个蓬头垢面、穿乞丐衣的闭关修行人，
却是藏传佛教史上家喻户晓的心灵大师。

脱掉！脱掉！内裤脱掉！

这……开门见山的标题出现在佛教类文章中，未免太耸动了吧？但这是真的！藏地的传统喇嘛并不会在裙内穿裤子或内裤，虽然穿上整套喇嘛服之后，呈现出穿唐装或日本和服的稳重感，但是因为裙子里面空荡荡的，有种刚洗完澡、围着浴巾闯到马路上，随时会有一阵强风把裙子掀开来的不安全感，这是一开始要克服的心理障碍。

当初我为了要进学院学习，必须先成为一个喇嘛。

在宗萨三位大堪布的指示下，我步行翻过一座山，才到达宗萨寺首席戒师堪布蒋森的住处（真像武侠小说的剧情）。在他与几位喇嘛的主持下，我终于亲身经历了极古老原始的藏传佛教皈依受戒仪式。不过，我在上山之前才想到了个问题：喇嘛衣服打哪儿来呢？原来要自备呀！怎么跟汉地不一样呢？所幸降用彭措早有准备，先帮我借了一套旧的。现在自己穿上了喇嘛服，又在藏地生活了一阵子，才慢慢认识到，原来喇嘛的身份与造型是如此微妙而多元！

喇嘛不一定是出家人？

汉传佛教徒最难理解的就是为何喇嘛可以娶妻生子，其实这真是先入为主的误会。"喇嘛"一词在藏文中并不是"出家人"的意思，而是泛指"无上"的佛教大师，甚至可以说成是佛菩萨、活佛的代名词，因此他们也可以是在家人的身份，差别在于在家的修行人是可以穿上喇嘛衣服的，这又是另外一个待解的误会了。大家在寺院看到和尚时，总会认为法师所穿的衣服应该就是标准的"袈裟"，其实并不全然如此。在早期，真正的袈裟只有三种：祖衣、七衣与五衣，合称为"三法衣"（简称三衣），是佛教真正意义上的袈裟。

因此，除了三法衣之外，各区会因不同的文化与佛法传承的差异而衍生出各种不同款式的僧衣规制，但主要都是以过去弘传法教的长老高僧，依律典所共同制定的标准为主。像中国和尚所穿类似唐装长袍短褂与僧袜、藏传佛教僧人穿各种款式的红黄法衣等皆是如此，自有一定的历史性与佛法含义。目前仅有泰国、缅甸地区的南传佛教比较趋近于原始规定的穿着，全身真的只用三块布来包裹而已。但是他们在剃度时还得"剃眉毛"、修行时还有"刺青"（将避邪咒语与佛教经文刺在身体上以求平安）的做法，跟汉传佛教法师头上要"燃烫戒疤"一样，都不算是早期佛制规矩。因此，各地所衍生的习俗都不同，彼此应该互相尊重与包容。

但是，为什么藏传佛教文化里会有在家人穿喇嘛衣服的情况呢？由于藏地以前不但出家人多，在家修行的人更多，再加上寺院是藏族人学习文化与受教育的主要地方，喇嘛的身份变化自然也就更多元了。有些在家居士碍于某些因缘未具而不能出家，或要净除寿障、宣示终生修行等，由他的师父方便开许他可以穿喇嘛僧服来修行，主要差异在于其不行持如僧伽布萨、结夏等种种羯摩法事。汉传佛教的居士也有"海青"与"缦衣"等类似僧衣造型的修道服，虽然这在相关律典里面有规定

▼喇嘛平日身上所穿的背心红裙装，跟汉地法师平日所穿貌似唐装的长袍短褂一样。南传、汉传、藏传僧服形式不一，为佛教弘传时因各地民族文化差异而衍生出的不同。真正的出家三衣、袈裟等则皆有其标准款式。

如"田"字般砖格条幅纹路的袈裟，称为"福田衣"。此袈裟几乎只会在正式的法会与庆典场合中穿搭，平时穿那套红色僧服。而在海外弘法的喇嘛通常只有在主持法会时，活佛或堪布才会穿着此类条幅纹路的袈裟。

的样式，但汉传居士平时也只在与法会相关的活动上，才会穿着此类法衣。因此在藏地想以僧服来认定出家、在家标准是十分困难的，除非亲自询问，否则常会造成误会。但是，大家可别误以为任何人都可随便穿喇嘛衣服，它基本上还是代表出家人身份的服装。

喇嘛到底有多少种身份呢？简单来说，喇嘛大致上有祖古（汉人称为活佛）、仁波切、阿阇梨、堪布、格西、阿克或扎巴、阿尼或觉姆等几种常见的类别。"祖古"就是转世再来且经过认证的喇嘛，有关这方面的资料很多。

"仁波切"的藏语是人中之宝（至尊宝）的意思，可以是转世再来的祖古，也可以是后天努力成就的普通喇嘛。

"阿阇梨"是印度梵语（藏语叫"洛本"），藏文原意也是指超凡的佛法大师，但通俗的意思则是指精通闭关、熟

还是记不起来吗？以下是我整理的喇嘛身份判别简表：

	喇嘛	活佛	仁波切	阿阇梨	堪布	格西	出家人	在家人
喇嘛		≠	≠	≠	≠	≠	≠	≠
活佛	V		V	≠	≠	≠	≠	≠
仁波切	V	≠		≠	≠	≠	≠	≠
阿阇梨	V	≠	≠		≠	≠	≠	≠
堪布	V	≠	≠	≠		≠	V	×
格西	V	≠	≠	≠	V		≠	≠
阿克扎巴阿尼觉姆	V	≠	≠	≠	≠	≠	V	×

符号 V：等于　　≠：不一定是　　X：不是
（备注：这里的"喇嘛"是指口语上泛称的喇嘛，指藏传佛教的佛法修行者，不一定得穿喇嘛服，也不一定是指藏文原意上的超凡佛法大师。）

谙佛法仪轨的喇嘛或瑜伽士。以上这些不一定全都是出家人，有些也不见得会穿喇嘛衣服，这种情况有点类似于基督教的牧师等在家神职人员。

藏地的出家人，当地人不称他们为喇嘛，男性通常称做"阿克（阿喀）""扎巴"，女性出家人则称"阿尼""觉姆"或"确喇"。拉萨语系或印度尊称出家人为"咕秀（拉）"，对年长的喇嘛则称呼为"更（拉）（意为师长、长辈）"。但在汉地与海外游客到藏地后误喊的长远影响下，现在藏族人也习惯用喇嘛来指称出家人了。

"堪布"与"格西"（格鲁派专用词）都是指精通佛法的博士，他们必须在佛教学院内学习五至十几年。"堪布"一词在格鲁派是特指"寺院住持"，所以不一定是佛学博士。一般而言，堪布与格西通常都是出家人的身份。"格西"的字面意思是"善知识"，因此可能有在家人身份的例外情况（有些是已还俗的格西），但绝大多数还是以出家人为主。此外，关于世俗里的老师、学者与博士等称呼，在藏语里还另有专词，在此就不多赘述了。

那一年，喇嘛衣服是奢侈品

传统藏地的喇嘛衣服跟在台湾常看到的不太一样，传统藏地穿的都是纯手工缝制的，布料与款式都不同，颜色甚至还有点花，特别是冬天的款式，特多特厚，就像全身包了好几床棉被一样。不过，宗萨寺的款式蛮统一的，但也都得自备，寺方并不会提供。其实，早期的喇嘛衣服并不是目前大家所看到的模样。

三十年前的藏地各处，基本已经没有佛教文化了，喇嘛衣服自然也就失传了。学院重建后，老堪布贝玛当秋上课时的第一件事就是检查大家的服装仪容，全班几乎没有人合乎标准。那时，民生所用的布只能用国家发给的布票来换，很多人会想办法利用各种渠道来取得布票（以物易物的方式），以换取收集稀有的喇嘛衣服布料，再慢慢加工成又长又宽、裙边百褶的华丽版喇嘛服。其他穷人只能用黑色、灰蓝色等粗布来做衣服，最后只能穿件不像样的裙子来表明自己的喇嘛身份。又因为舍不得穿，所以就常有"白天念经时穿喇嘛衣服，法会结束后就换回裤子、穿俗装"的僧俗混装的怪现象。这些问题后来在老堪布的课堂上才慢慢得到改善。

堪布才旦说自己只有两三套喇嘛服，其中一件红裙是他的师父堪布彭措朗加退休时送给他的，虽然已经褪色、破旧并补了好几次，但他仍然舍不得丢弃。至于他身上穿的外套，则是十年前返乡处理母亲的丧事时，抽空请人缝制的。在学院期间，有人送他新衣服，他通常都会转送给比较穷苦的小老师，不然就收在衣柜里，等衣服破旧送补时再拿出来暂穿。

随着物质环境的进步，喇嘛衣物店在藏地满街都是，布料的选择也更加多元了。说真的，喇嘛衣服加起来还真有不少套，夏装加上冬季穿的厚衣，全部大概要两个大行李箱才能装得下，因此，"一袭袈裟走天涯"在现代藏地应该是不太可能的事了。

这么多套喇嘛衣服，到底要多少钱呢？我曾经询问过宗萨寺的常住喇嘛日扎。他说，冬季款喇嘛服是手工羊毛做的，至少要两三千元人民币。年轻或没钱的喇嘛只能先想办法借钱买一套，否则冬季参加法会时就会冷死了（因为不能穿外套）。仔细算算，若再加上夏装与周边的配件，至少也得花上三千元。但是各地寺院的情况都不太相同，有些可能会由寺院或功德主不定期地出资供养僧服，但一般寺院的喇嘛还是以自备为主。因此，想在藏地过喇嘛生活，还是得先存点小钱才行。

那没钱就不能到藏区当喇嘛吗？其实只要你有修道的心，很多信徒与朋友们都会很乐意资助你的。但是，非得买这么多的喇嘛衣服吗？堪布才旦这样说："你不要以为喇嘛衣服这么多、这么厚没什么用处——穿裙子蹲着可以直接上厕所；披肩可以挡雨雪或者临时包裹东西用，在山洞里还可以挂起来当成门帘；冬天的厚衣还可以当成枕头、棉被与坐垫来使用。如果你一个人到山洞里去闭关，寝具只须带喇嘛衣服就够用了！而且不用担心每天穿同样款式的衣服会被笑没洗澡或没钱买衣服，两套替换就能够穿一辈子。把以上这些功能加起来算一算，比你买内裤、帽袜、床套与棉被来得划算！"所以，多功能的喇嘛衣服可以说是随身行住坐卧的好家当，穿上喇嘛服就能成为雪域里的百变金刚，自由自在地过着"犀利哥"般的生活！因此，如果你珍惜这一两套衣服，一辈子可能就只需花五六千元。说实在的，还是比在家人终生累积下来的置装费便宜多了！

从藏地到都市的喇嘛时尚风云

喇嘛衣服除了有以上的生活实用性之外，在造型上还有很多种变化。传统藏地的喇嘛服有相当多随性的混搭装，在外地都市是不容易见到的。印度与欧美国家因为气候比较湿热，所以喇嘛通常都不穿红黄背心，而改穿在藏地规定只能当内衣穿的无袖背心，并且把 V 字领改成了比较好看的唐装立领。此外，在藏地外出时一定得披上红色披肩，但是在都市通常都会省略，或折成小块儿挂在左肩上。为了避免太花哨、太招摇，甚至会改穿一般 T

▼左图这种"红白色披肩"与"白裙"的造型，大部分是瑜伽士、咒师所穿的法衣，在家身份的喇嘛也会穿。喇嘛的背心有两种款式，即红红色或红黄色。各传承的藏传寺院各有其规定之标准，有些全寺只能穿"通红色"的，有些则限定"红黄色"背心只有少部分有特定头衔的喇嘛才能穿，如活佛、有学问的格西与堪布，或自己的师父所给予与指定的。像宗萨寺就规定，一般喇嘛只能穿全红色的背心。（照片由洛热老师提供）

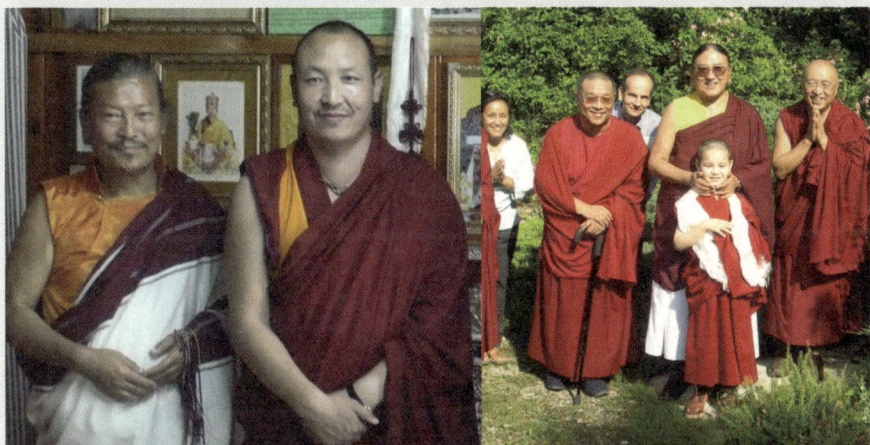

▲在藏地能看到许多穿着缝工繁杂、长短袖混搭造型的老喇嘛，但并不代表他们的修行不好，有时反倒有一份随性、自在的庄严。

▲宗萨寺喇嘛的冬季款僧服。高海拔的藏地冬季气候严寒，喇嘛们多半都会加穿一件外套，只要颜色不太夸张，都算是符合标准的僧服，但只能在日常生活中穿，在正式法会与典礼上是不能搭穿的。这时便会改穿比较厚的喇嘛服与羊毛毡毡做的披肩或半月形大氅，跟穿外套一样具有相同的保暖功用。

恤上衣，这或许是无可厚非的善巧方便吧！

此外，喇嘛衣服也有"红白"款。有些教派与传承会穿红白色条纹的披肩或白裙，这种造型多半都是瑜伽士、咒师的造型，他们多半是在家身份的喇嘛，但是不一定会娶妻生子。这种造型除了少部分的教派与传承之外，在传统藏地已相当罕见。因为红白色对比太显眼、太高调，一般还是以穿普通红黄色喇嘛服的情况居多。

这一年，喇嘛衣服还是奢侈品

现在藏地或在都市里弘法的喇嘛，生活条件都比较优渥了，喇嘛衣服对他们而言，不再是舍不得穿与买不起的珍藏品。常有喇嘛会多买几套，在自己的住处或道场放一套、寺院寮房放一套，甚至还有好心的功德主每年都供养全寺僧人全新的僧服，街上也有各式各样量身定做的喇嘛服装专门店。因此，喇嘛衣服越来越容易取得，自然而然的，喇嘛们也开始重视衣服的款式与布料质量。由于喇嘛衣裙的造型兼具宗教与民族风的特色，在世俗的表演艺术团体中相当广泛地被改造与应用，也逐渐影响到一些文化领域的人士，他们喜欢这种有灵性又典雅的修道衣。其实不光是喇嘛衣服，汉传佛教也发展出多元款式的居家修行服，连茶杯、碗筷都有专用的，甚至还有专门设计的品牌标志。看来，佛教已经算是一种流行时尚了吧！

无论这些宗教衣服怎么演变，按照十年来我个人的经验，我所认识的修行很好的法友、师兄师姐们反而是越修越低调，衣装一直都很普通、简朴。像这样卧虎藏龙型的修行人在传统藏地到处可见，他们没有划地自限的修行范围，而是行走于家家户户之间，可能在寺院角落随便一位扫地的老先生，或转经绕塔的老婆婆，就是很有修行的大师。

因此，要注意你学佛到底是往"内"修，还是往"外"修。佛陀当初制定修道衣的初衷，并不是要大家以此原型来创造更多款式。其实，无论你的身份如何，穿的是出家人的三法衣也好，或者是在家人的牛仔裤也好，知足、常乐与珍惜才是让你快乐过一生的"三件衣服"。

▲有"康巴佛学泰斗"美誉的土登尼玛活佛（任嘎仁波切，左二），就是个卧虎藏龙型的好例子。他平时穿得跟一位乡下老农夫一样，常常有喇嘛以为他是来打杂的工人，使唤他去帮忙打扫、打水。

▲这是久美堪布当年在台湾四处弘法时所穿的背包装。他笑称：自己在台湾是最下流的堪布，没有随从，也没有固定住处，四海为家，到处随缘讲法，可以说是藏族版的"犀利哥"！

▲这是洛热老师的小儿子赤乃彭措的女儿恩珠拉姆。藏族人偶尔喜欢把年幼的孩子打扮成红衣喇嘛的样子，祝福他们：无论长大后要走什么路，心中永远都有喇嘛的智慧身影。

第6话
德格王打光头
剃度了也还会长出来的三千烦恼丝

什么？喇嘛剃光头也要被打？
不剃光头也要被批评？

▲感谢洛热家的亲戚客串演出德格王。

1678年，四川德格有一个叫登巴泽仁的人，37岁时继任为第十二任的德格王。（这是真人真事哦！）他时常乔装成乞丐离开王宫，微服出巡以体察百姓疾苦。

有一次，他到金沙江的甘透码头坐船，弯下身正要坐下，船夫一看到他，突然就用船桨敲了他的头。船夫笑说："哈！你这个'头'很像法王登巴泽仁的头！"（他当时是秃头，还是剃了光头，无从考证。）

后来，这个故事在当地流传了两种结局版本：

版本一：这位船夫因此受到处罚。（这是官方版的史料记载。后人就学渔夫，看到光头就上演"打光头"这出玩笑戏码。）

版本二：德格王没有生气，反而在返朝后昭告天下说："以后谁要是剃了光头，都可以去打他的脑袋！连我德格王也可以打！"

但是，无论哪个版本，都没有影响这个极诡异的德格习俗，首当其冲的当然就是天天以光头示人的喇嘛们……

让德格人又爱又恨的光头

在藏地，除了已经现代化的城镇之外，极少有人以理发为业。一般传统藏族男子的发型不是留得很长，就是全部理光，女性也多半以编长发为主。再加上藏族人没有天天洗澡洗头的习惯，所以男人如果是光头或短发造型，生活上就会便利、清爽许多。

当我换上喇嘛衣服，在学院生活了一个月后，何时该剃头就是我最纳闷的事，因为在校园中一眼望去，大家的头发都蛮长的。每次我剃完头后，都会被同学们在头上打一巴掌。我一直以为这大概就像"穿新鞋要踩三下"的习俗一样，算是藏族的一种吉祥祝福。后来我才知道，这是"德格王打光头"的典故。

▲正所谓师父"剃"进门，"理发"在个人。究竟是藏族喇嘛的头发太杂乱无章，还是汉族和尚的太光鲜整齐？分寸之间的道理又是一门看不见的智慧。

每次他们打光头时，会顺便喊一声："句高特焦！"（打光头）、"玛尔豆！"（打酥油）或"德格佳波尬！"（奉德格王之命令）。"嗯？打酥油？"是指光头像一颗酥油球般光滑吗？但……这应该跟德格王当时被船夫误打光头的意思不一样吧。因此他们只是为了满足打光头的乐趣而找了各种搞笑借口，已非当时的典故意义。当然，这样不礼貌的行为只会发生在好友嬉闹之间，对长辈们是不可从这样放肆的。

德格县的喇嘛或一般小孩子，从小就在这样的传说下被打得头好壮壮，难不成是打一次长一寸？这个习俗应该就只流传在德格县，因为我后来问了很多来自其他藏地学院的学生，他们都没听过这样的传说，也对这样的文化感到十分费解。大家为了躲避这种怪习俗，对于剃光头一事避而远之，能拖则拖，等上两三个月，和大家一起剃，这样自己才不会孤零零地顶着大光头成为众矢之的。正因为不常动刀，所以剃头功夫也跟着退化、失传了。

"哇？哪里剃的？怎么剃得那么好看？都没流血吗？是去理发馆给人家剃的吗？"当藏族人知道是我自己刮的光头后，都感到十分不可思议，因为很多当地人，哪怕是喇嘛，从小到大也从来没有自己理过头发！这……真是和我理解的常识有所冲突。对和尚而言，剃头应该算家常便饭之事，没想到对他们来说居然这么难！

更令我讶异的是，有一些年轻的喇嘛居然以光头为耻，每当他们看到有人乖乖地把头剃得很光滑时，便会摸摸自己脸上的皮肤说："你的头跟脸皮一样光呢！"说完还比出小指头，意思是鄙视你的头发只像灰尘渣渣那样一丁点。但还是有不少人会比出两手大姆指，并用藏语说："你的头剃得非常好看！"褒贬两极化的评价都有，刚开始，我还真有点不适应这种矛盾的怪文化。

喇嘛只留五分头的谣言

在电影《防弹武僧》里，有这样一段对白：

（发哥喇嘛和男配角阿家在路口遇上了女主角阿洁）

阿家向阿洁介绍发哥说："他是少林寺的高僧，赤手空拳让人死无葬身之地！"

阿洁看了发哥的平头说："少林寺和尚都每天剃光头呀，你不是少林寺和尚！""或许是西藏的佛门弟子？"

这段对话深深反映出大家对喇嘛的第一印象——平头！好像藏传佛教的和尚是不用理光头的，一律都是留帅气的五分头或平头，因为电影都是这样演的。当然，这又是一场误会了，不过，在德格王打光头的传说之下，似乎有点道理。

撇开传说，高海拔的藏地因为时常下雪，所以头发会适度留长以保暖。通常十一月至第二年二三月间是雪季，也才几个月时间，其他季节因为我自己"以头试寒"过，因此不会冷到头皮发寒。但是基于保暖的考虑，秋冬之际，喇嘛几乎是不剃头的。到了春夏，剃头次数便会频繁些。

一般汉传佛教寺院的规矩是半个月就得剃一次头，有些甚至是一周剃一次。正因为太常保持光亮了，难怪很多人在网络上发问："请问和尚是不是剃度后就再也长不出头发了？"或"和尚需要洗头吗？"看样子，汉地和尚头上太光，藏传佛教的喇嘛头发太长，总是让世人摸不清标准。对此，我特地请教了堪布才旦。

我说："您不觉得藏族喇嘛的头发很不整齐吗？"

堪布："什么意思？"

我说："就是有人一个月剃一次，有人三个月才剃一次，然后大家聚在一起，头发长长短短的，不太好看耶！"

堪布："呵呵……我们的习惯就是这样。"

我说："您是这院子的老大，难道不能规定大家定期理头发吗？"

堪布："一般而言，喇嘛的头发长度不应超过二指（用手指去夹头发的长度）。按规定差不多一个月就该剃一次，最长是两三个月剃一次。如果没人能帮你剃，可以稍晚些日子再剃。因为我们在学院念书，休息时间非常有限，因此不会太执着在头发上，也不会强迫大家要统一定期剃头。只要头发不留得太长，都是允许的。"

喇嘛日扎的汉地寺院剃头趣事

已经习惯把头发留长再剃的藏族喇嘛，到汉地寺院求学会发生什么事呢？宗萨寺有一位名为日扎的喇嘛，在2005年曾经到过四川的重庆佛学院就读过几个月的文化交流班。他刚报到时，简直重新上演了一次《水浒传》的鲁智深出家桥段。

▲ 经过重庆佛学院改头换面大作战之后的日扎喇嘛，成了很庄严的大慧法师（他在该学院另取的法名）。

藏传佛教喇嘛的光头上有没有戒疤呢？

大部分人还搞不清楚，和尚头上为什么要烧戒疤，其实这大约是元朝时所制定的，主要是为了区别出家人与俗人。另外再依据大乘佛教经典《梵网经菩萨戒本》所记载"若不烧身臂指供养诸佛，非出家菩萨"的例子，便慢慢地衍生出这样不成文的规定，因此这并非释迦牟尼佛所制定的出家规矩。除了中国汉地出家人之外，泰国、缅甸、斯里兰卡与中国的藏传佛教僧人，皆没有烧戒疤的规矩。现在，中国佛教协会也已经废止此举多年了，但是中国台湾与新加坡等地还是保有此习俗（认为这样比较有"终生不还俗"的决心）。所以，下次碰到喇嘛时，别再盯着人家头上看！如果你看到喇嘛头上有戒疤，应该是汉地法师到藏地寺院求学时，换装变成喇嘛造型的情况。

住持法师对他说："你的头发太长，胡子也太长，通通都要剃掉！"还没搞清楚状况的日扎喇嘛就被该寺的和尚带去后院剃得一干二净。他回忆起当时体验着那种飞快、神准的剃刀功夫，真是吓了一头冷汗！

住持还规定每半个月就要剃一次，他们有专门的剃头师傅为大家服务。他这才了解到，原来汉传和尚的戒律要求是如此严格。后来他回到宗萨寺后，很怀念与欣赏汉传法师庄严的行仪，就按照时间定期剃头了。那次之后，他不但克服了德格王打光头的魔咒，也成了宗萨寺专门帮喇嘛剃头的师傅。当然，他还是不会用剃刀，只能用一般理发器来给大家服务。

学院史上首次公共剃头服务事件

当地自从2004年底通电之后，电器用品就派上用场了。电动理发器对喇嘛而言是很新鲜的产品，但市场上卖的多半都是便宜货，用不了几次就烧坏了，所以使用率并不高。纵使有像电动刮胡刀一样的理发器，能够自己理头发的人也不多。有很多次，常有喇嘛顶着"飞机跑道"造型的头（只有头顶剃光了）跑来向我求救说："请问，自己后面的头发要怎么剃？"

正因为大家理发的技术水平欠佳，新型理发工具也无法改善这个问题，所以我特地想出个法子——为学院设立公共理发部。这可是该院史上的首次壮举！电动理发器由我负责请人购买并免费提供，但是剃头的服务得由铁棒喇嘛负责。堪布一开始有点质疑其可行性，最后还是决定姑且一试。

我给了铁棒喇嘛两组电动理发器，说是给学院作为公用的，卖菜的铁棒喇嘛昂赛尼玛自愿负责理发的工作。为了推广定期理发，所以本项服务不收费，昂赛尼玛还很贴心地私下缝制了一条公用的剃头围巾。

一开始场地本来设在学院贩菜部的门口，后来因为怕剃落的大量发丝被风吹到菜篮里，变成真正的"发菜"，就改到对面的河边。一开始人很多，几乎每天中午都有二三十个喇嘛在排队，等于两三分钟就得剃一个光头，效果还算显著。

电动理发器的技术犯规风波

因为电动理发器在刀头上附有0.3、0.6、0.9、1.2厘米四种模板，可以直接理成稍长的三分头或五分头，这对大家而言简直是一大福音，因为这样就不用因为剃了大光头而被打了！这种商品变成了"梦幻逸品"，成为德格王打光头的"免疫救星"！

学院里很多喇嘛纷纷仿效，希望能理个帅气的五分头。爱美的心态马上被铁棒喇嘛识破，规定去他那里剃的只能剃光，不准留个半厘米或一厘米。这样的门槛打退了一帮人，只有一些比较老实的喇嘛会来理发。因为大家都想办法自己去买一个这样的理发器，或跟朋友

▲铁棒喇嘛昂赛尼玛在下课时间帮大家剃头。

▲头发较短的是我的好友昂旺，较长的是南加。学院并没有规定统一剃头的时间，只要在合理的长度内，大家都可以按照自己的习惯来理发。

借。正因为理成五分头或三分头并不违规，所以堪布与铁棒喇嘛也无可奈何。

有的喇嘛很夸张（其中也包括年轻的小活佛），几乎每周都来跟我借一次，为的就是要让自己的头发保持不短也不算长的完美五分头造型，这样特殊的技术犯规现象不禁令人担忧。老黑堪布也有这样的工具，但是他从来都没用过模板。如此"投机取巧"的工具，真是考验人心的利器呀！

▶您那忧郁的眼神，稀疏的胡楂，半长不短的头发，神乎奇技的教法，还有那杯浓浓的酥油茶，都深深地迷住了我。不过，虽然您是这样的出色，但是行有行规，头发该理还是要理一理呀！

——改编自周星驰电影《凌凌漆大战金枪客》

德格王打光头的魔咒
随时都在我们身边

一位在印度敏卓林寺留学的朋友跟我分享他们的情况：基本上他们那里的要求比较严格，每月至少得任选日期剃一次（多半是在藏历初八），因为他们的仁波切对僧众威仪要求比较严格，要求大家不准使用电动理发器理一分或三分、五分头，一律得用 T 型双口剃刀剃干净才行。事实上，除了参加仁波切主持的法会或私下拜见仁波切的情况之外，一般喇嘛还是会喜欢照自己的习惯来理发，长短不一。看来两地的情况也差不多。

后来，很多喇嘛离开藏地，到外地弘法，纵使环境气候条件变了，但是因为多数喇嘛还带有文化习性，所以不太会刻意去整理自己的头发，因此让外人产生了喇嘛都留平头或五分头的错觉。然而，再跟佛教电视台上天天讲经说法的汉传法师相比，

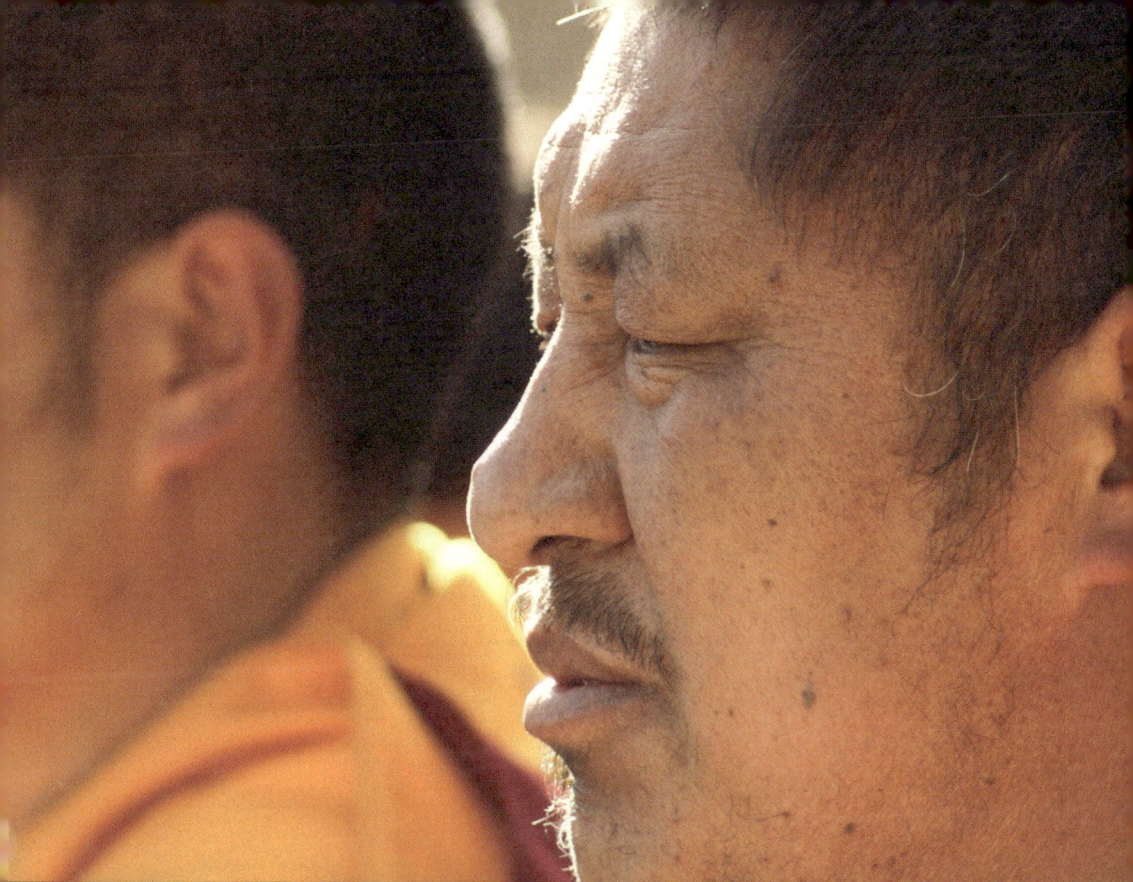

洛热老师戴着歪一边的眼镜，做出招牌鬼脸，花白的五分头，配上不加修饰的文人胡，依旧是大家心中最帅的藏族老"型男"。

他们几乎每个节目都保持最光亮的造型，到底标准在哪儿呢？其实，无论是十几天还是两个月剃一次头，都在佛所规定的合理范围内，只是都市人好像比较偏爱专业、干净的完美形象。由于观光旅游业的发达，喇嘛在电视、网络等平面媒体上的曝光率增加了，众目睽睽之下，有些寺院便开始规定大家必须统一袈裟的颜色、样式，头发也要求定期剃净（特别是在参加大型法会前），好让整个场面更庄严完美。因此，无论是德格人害怕头发剃太光会被"打光头"，还是都市里的法师担心顶上不够光亮而显得不庄严，在各种不同的环境与条件下，大家对自己的行为总是会有不同的理由。

对此，宗萨学院的院长堪布彭措朗加说得很妙："出家人的头发，在剃度出家时早就没了！管你长不长？头发再长都一样是和尚！"因此，藏传佛教喇嘛的头发在合理规定的范围内，都应顺其自然。毕竟头发长不长、光不光，都跟修行好坏没有直接关系。至今要如何看待这些宗教师？他们就像世人的一面镜子，你喜欢整洁靓丽、多才多艺的形象，他们常常都会如你所愿，借此方便度化你。如果你到传统藏地来，这里的菩萨们或许就不用耗费那么多时间变装来度化你，让彼此可以更直接地心心相印。

宗萨仁波切在《近乎佛教徒》一书中提到：

> 把头剃光这个行为，是在提醒你无常这件事情。并不是说佛陀对长头发敏感，然后他强加这个制度说：你要当佛教徒，就要剃光头。

所有这些仪式、这些制度，都是带你到这个真理的办法。

　　仔细回想起藏族喇嘛头发的趣事，排除那些喜欢在顶上取巧的新一辈年轻喇嘛，我还是很喜欢传统藏族人那种自然而然、有点野性的自在感觉。洛热老师虽然不是出家人，但是也跟喇嘛一样乖乖地定期剃光头。有一次，他摸着已经稍长的灰黑色头发，还顺便比出砍脖子的苦瓜鬼脸，笑着对我说："够卢！够卢！"这是当地的土话，字面直译就是"砍头"，比汉语的"剃头"来得更直接，好像连头带发一起砍了一样！他边剃边感叹："又过了一个多月了！提醒自己时光匆匆，应该精进才是。"

　　那一刻，我才明白为何藏族人看着喇嘛师父们短而紧凑、散乱的灰黑短发时，不会因此而不尊敬他们，因为他们那把尺不是长在头上，而是在心中。

第7话

三平方米双人大宅房

学院只有三步大小的迷你宿舍

这个超迷你的破宿舍，
没有网络、没有电视、没有电脑、没有电话，
但是堪布要我们知道天下事。

我的百年老房间　文／堪布才旦

（这是堪布自己用汉语写的日记，我稍微修改了错字，保留原文。）

　　这是一间将近有一百年历史的房子，它的主要材料是木头，房间大约有三平方米，就位于学院大殿的西边。这是最普通的藏族建筑，看起来没什么特别，可是我在这里过了十二年的生活，是我住过的房间中最值得回忆的一间，我觉得很快乐、幸福，很幸运。虽然住了这间房子后要主持这所学院的一切，关系到数百年的命运，责任很重，不是像我这样的人能担当得起的，可是一切都很幸运，我改变了很多，制定了很多新的规矩，从一开始只有一百六十七名学生，到现在已经有四百多名了，人人都赞叹这所学院。

　　在这间房里我很幸福，在这里没有得过重病，可以说很健康，最令人感到奇妙的一件事，就是似乎感冒不会传染到我这里，所以是很吉祥的宿舍。在这里我觉得很开心，见不到什么花花绿绿的世界，经常能见到的就是数百位喇嘛，他们身上穿的是袈裟，手里捧的是佛经和念珠，嘴里唱的是彼此慈悲的呼喊和释尊在佛经里所说的祝福，根本不会看到经济上的你输我赢的争论，更不会见到政治上的你死我活的搏斗。在这样的环境，觉得很亲切、很温暖，这也就是为何这宿舍是这么值得描述。

　　这间小房子经历了三个阶段，第一个阶段是1918年左右一直到1958年四十余年，从学院的第一任大堪布贤嘎仁波切到第九任大堪布清曾仁波切，成了九位大堪布的宿舍。第二阶段是1958年到1989年，学院不见了，大殿变成了装粮食的粮库，当然这期间，房子也自然成了站长夫妻的宿舍。

　　第三个阶段是1989年至今，十世班禅大师在视察康区的时候，他老人家命令他们把这房子还给学院，亲笔题词，号召大家重建佛学院。从那时它又成了学院大堪布的宿舍了。它是我这一生住过的房间里时间最长的一间，刚过去的十一年多的时间里，如果我还住在这里，我就一定会住这间房，它是我唯一的餐厅，我三餐都是在这里用的。对一个讲经说法的人来说，书房是不可缺少的，我自己仅有的五六百本经书和其他书都摆在这里。对一位学院住持来说，要管理学院内外的很多事。在这样的时候，它就自然成为办公室，大家都会来我这里商量事情，因此这是一间多功能的宿舍。

五脏俱全的"三步"套房

　　康谢学院的宿舍只有三平方米左右，大约是前后左右各走三大步的距离，应该不比日本御宅男的房间大多少，或许像电影中哈利·波特在继父家所住的楼梯间那么大，可能还不及你家仓库的角落大。最惊人的是——这个房间通常要住两个人。

　　在这么迷你的小房间内，念书、煮饭、煮茶、洗脸、解便和睡觉等全部作息，通通在此解决。无论是大活佛还是普通喇嘛，规格一律平等。不只是宗萨学院这样，宗萨寺与禅修院，藏地的房间几乎都一样。据说这是佛陀当初为出家人住房所制定的规格，藏族喇嘛都这样住了，在家人为了敬重出家人，所以房间通常不会比他们的大。当然这指的是个人卧房，一般客厅与其他房间还是蛮大的。

　　洛热老师曾介绍说，藏地的建筑规格和早期汉地建筑规格一样，因为是木造屋，都是以木头梁柱的平方为一单位，即三平方米。三米大约是一般藏地树木的标准长度，如果房间太宽了，横跨在两根柱子之间的一根根木头就容易变形或垮塌。所以，一根木头所承载的长度就成了藏房的基本单位，这样的规矩延续了千百年。

　　由于是纯手工盖建，所以每间房的规格并不是特别精准。以宿舍而言，转角的房间可能就会大一些，可以住三个人。因此，各房间的规格都会有半米左右的差距，唯一公平的是天花板上的老鼠一样多。

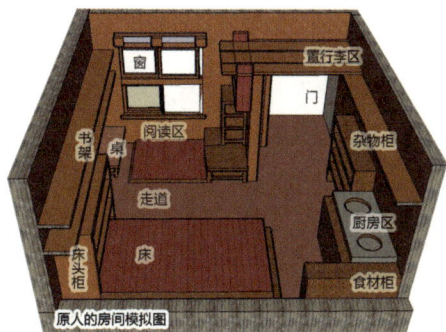
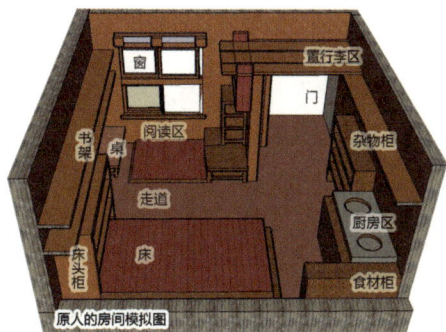

▲这是我用电脑软件试画的立体图，简单勾勒出宿舍的基本立体图。

我开始了雪域宅男的生活

　　我所住的这一间宿舍，位于第二校区的正面一楼，中间楼梯下右边的第二间，是以前一位名为金巴的台湾喇嘛所住过的房间。他离开学院到寺院服务后，这间房就一直空下来，直到2004年我在此住过半个月。

　　2007年7月初的暑假期间，我准备搬进来，但是房间因为已两三年没住过人了，杂物多且充满强烈的鼠臭味，犹如鬼屋里的恐怖仓库一般！柜子、地板通通要重新打扫装修。修房子和搬家是件苦差事，通常就是考验友情指数的时候了，所幸在宗萨寺的结拜大哥日扎喇嘛特地下山来帮我。搬行李时，我猛然发现，自己的行李怎么那么多！一些书与杂物就有两三箱，再加上各种衣物，加起来也有两大箱。我一边搬一边心想："如果有天只能随身带五公斤的东西，我该带哪些走？"那时候，我真希望自己能像个云水僧一样，挥一挥衣袖，不带走一片云彩。

　　我一边整理一边参考其他喇嘛的房间摆设，简直像小型杂货店，柜子上与墙上摆满了各式各样的佛像、活佛喇嘛的法照，他们都在这样的空间里住了十几年。对非佛教徒而言，应该会认为这样的宅居，跟都市那些整

◀学院的宿舍完全按照藏族传统建筑规格，皆由土石与木材盖成。

天上网的宅男宅女差不多吧？但是这里更苦，因为这里没有电话、电视，没有网络，没有电源（只许使用一盏公用电灯），根本就像间山寨牢房。他们与世隔绝，又怎么得知世界究竟是怎么一回事呢？

尴尬的男男同居

因为宿舍不够，只能两人同住一间，而我是一人住一间，让很多喇嘛十分羡慕。为此，我觉得有点不好意思，便去请示堪布呢是否把另一床位让给藏族喇嘛。堪布因为慈悲而要我自己住，比较自在。

两个人住是什么情况呢？在吃饭方面，有口味和习惯的问题，但最尴尬的莫过于解便，只能直接在室友的旁边蹲下来用尿壶解决。换内衣裙时虽然有小技巧可以不用全脱光，但也毫无隐私可言。读书时又有良心问题，室友若不用功，你不叮咛也不行；如果他在用功，你想睡觉也不好意思。就算是亲兄弟，也很少会这样整天黏在一起同居吧？感觉就像回到了当兵时的集体生活。

还好室友是可以自己选择的。对藏族人而言，室友的第一考虑是自家的亲兄弟或堂表亲戚，然后是同寺院的师兄弟，然后是同乡的人，然后才是知心好友。如果没有找到人，铁棒喇嘛才会帮你安排其他同学入住，所以还是尽量熟人同行，修行免费心。但是如果真的遇到个性不合的冤家，那可能也是缘分，让彼此有更多机会培养慈悲心。

花花风格与万用的床座

室友选好之后，就要开始讨论怎么布置房间。这方面，如果两位都是藏族人，问题不大，因为在传统藏地，无论男女老少都很喜欢用花花绿绿的颜色或花样来装饰自己的房间，甚至包裹佛经用的布也是用可爱的小碎花布，整间房看起来就像座小花园。但是说实在的，我感觉那就像乡下黄花大闺女的房间一样，一个大男人（而且还是喇嘛）怎么会住这种女人房间，我十分受不了！汉藏在审美观念上差距甚大，是最难妥协的事。

以汉地佛教徒而言，几乎都是用简单朴素的配色，感觉较为庄严，但是藏族人完全不会觉得自己布置得太花哨。仔细想想，其实是我一直都戴着有色眼镜来看待这件事，虽然我可以慢慢接受他们住在"花花房间"里，但我自己的房间还是比较喜欢朴素些的样子，否则我很难专心念书。

藏式的床也是大有学问，都是配合佛制规定的。"高广大床"代表奢华与傲慢，所以藏地的床架通常只能有一手肘高，且不能有雕刻花饰。因此，如果你接待喇嘛住宿，千万不要以为豪华双人床套房就是最好的供养，应该尽量安排单人床的房间，才会让他们感到如法又贴心。

此外，藏族人爱单人床的重要原因还有一点：它不只是床，也是一般客厅用的沙发椅（以利活佛喇嘛们盘坐用）。因此，只要在上面摆上书架，甚至是随便一个木

▲学院宿舍的生活除了休息时间比较短之外，还算蛮惬意的。学生在课余时间彼此会互串门子，聊聊天。

箱，就成了书房，实用性相当高，想休息时可以即席休息。有客人来了，还可以当三人坐的沙发。聪明的藏族人居然可以让这么"阳春①"的床变得妙用无穷。

虽然传统藏床很好用，但是在学院可就没这么舒服了。一房要挤两床，很多学生便直接用三块长木板组成克难的床板，但因为长度有限，对身高一米七以上的人来说，腿根本无法伸直。有些修行好的学生更厉害，直接修"夜不倒单"（晚上不躺着休息的一种修行），把床也省了，直接改成正方形的座区，晚上就直接"坐着"睡觉。

很多人会想：为何不学一般西式宿舍一样用上下层的双人床？因为，第一，这里的房间挑高只有三米，上层的空间会太窄；第二，下层床的光线会被遮住，还得再自备电灯；第三，对藏族人而言，睡在喇嘛头上是件很不礼貌、有违信仰的事。所以，大家只能牺牲彼此的欲望与享受，行李少一点，让双方都能舒适些。这应该也是佛菩萨冥冥之中给喇嘛们在安居时的第一考验吧！

跟藏床绝配的重要物就是拉灯绳。这种开关和台湾早期灯泡开关一样，一个塑料圆盒接一条拉绳，拉一下就是关，再拉一下就是开。如果是两张单人床，聪明一点的就会各拉一条绳到床边，谁最晚睡谁就关灯。如果是在藏房的客厅睡，就会用长一点的线或哈达来延长拉绳。

当然这是藏地各地通电之后才有的特殊文化，如此一来，聪明的藏族人睡也在床上，学也在床上，吃也在床上。聪明一点的还可以再设计一条大门的开关拉绳，专心闭关免下床（想方便直接用夜壶）。虽然现在已经可以方便买到各式各样的现代化开关钮了，但还是远不及拉灯绳如此简单又便利实用。有人问："用声控按钮不是更好吗？"问题是窗外的声音那么多，狗吠、牛叫、小孩嬉闹声，万一窗外不知情的老藏族人看到喇嘛房间内一闪一闪地发光，说不定会误以为是喇嘛开悟升天了呢！

当书香和饭香同在一起

这小小的房间居然还兼具厨房的功能。早期由于没有煤气罐，所以必须另

①阳春：台湾人用阳春这个词来形容一件事物很简单，但该有的都有了。

外加钉一个装煤炭用的大木箱。现在有了煤气炉，各式
各样的厨具和对墙的佛像经书相互辉映。你一定没想
过，在厨房念书是什么滋味。

　　一开始，我的书桌是朝向厨房的方向，后来越念越不
对劲，因为眼睛的余光都会看见厨房，然后就开始想着下
一餐要煮什么？还缺什么菜？因此不得不再把桌子转向另
一边，但是又发现另一个问题，就是会闻到饭菜的香味，
无论是隔壁传来的，还是自己没吃完的，多少都会有干
扰。好呀！现在我可知道了，原来这房间的各种区块代表
我的五官，眼耳鼻舌身意的诱惑，躲也躲不掉。

▲这里常常会连续停电好几天甚至一整周，只能点蜡烛念书，伴随着房里食物的香
味，这样的日子别有一番风味。

▲藏族的床是万用的，摆上书架就是书
桌，端上几杯茶，大家坐在一起就成了
沙发。

▲宿舍的门锁非常简单，纯粹防君子而
已，很多学生还直接把钥匙摆在门框上。
门锁虽然是防盗用的，但当他们想逃学或
偷偷使用电脑等违禁品时，就会请室友从
门外反锁，代表这间房目前没人在，所以
铁棒喇嘛不会巡视。

厨房的事，久而久之就慢慢习惯了。对师生而言，最麻烦的是书柜摆设的问题。这里的书都是一函一函的，而且又因为几乎都是各教派大师们的系列著作，所以每次购买都得是一整套。因为空间有限，只能往墙上发展，因此就得在墙上钉上两至三个超长的木板架来置书。最重要的是，墙架下面的重心点一定要有个落地书架来顶着，否则被八万四千本经书给压垮时，可别奢望这样会把你撞到开悟。

话说二十年前学院刚重建时，学生只有四五十人，原本是规划一人一间房，但是过了没几年，第十二任堪布才旦上任后，进行了学制改革，学生人数因而年年爆增。至今小小的校园里已经挤了三四百人，每学年都有很多人没能抢到床位。住不下的人，无论是活佛还是一般学生，都得自掏腰包到街上的民宅去租屋，这样的好处是铁棒喇嘛不会跑这么远来管，缺点就是懒散与懈怠会如影随形。因为我常常来来去去，所以房间很多时间是空着的，但堪布并不会动用我这一间，让我感觉自己有如占着茅坑不拉屎，相当尴尬。

除了中国境内的藏地还能见到这样的土藏房之外，其他如印度、尼泊尔等地区，都是以水泥建筑居多。藏地一些经济情况比较好的寺院，也都是朝这方向来扩建。房子现代化了，却也苦了住在里面的喇嘛。跟传统藏房比起来，水泥房虽然样子好看，也比较坚固，但是冬冷夏热，舒适度远远不及又丑又破的藏房。

虽然传统藏房有这么好的建筑智慧，但是估计也撑不了多久。随着交通与经济的发达，藏族人盖房子的速度越来越快。宗萨寺周边，从2004年到2009年就增加了数十间民宅，德格县城里也几乎都成了水泥大楼。外墙、窗口与屋顶虽仍是藏式造型，但用了人为的暖气与冷气，来取代传统藏房的冬暖夏凉。对他们而言，这大概是文明、进步与富裕的象征吧！

容纳天地的极限

此时，我的三心二意又从窗外飘回了学院，三平方米之间的天地，究竟能容下多少东西？我在念书时，常常会望着墙想：这边应该要加个柜子，厨房的柜子应该可以定做一个更好的！我还缺一块好的坐垫，还要有一床藏毯……诸如此类的计划。我甚至还画了相关的设计图，正打算请当地木匠来设计。

这让我想到了台湾法鼓山的一个例子。圣严师父规定说："常住的法师每半年就得换一次宿舍，这么做是为了让他们不去执着住房，二来也可以自我检视看看这半年来，自己的房间增加了多少东西。"这样用心良苦的好方法虽值得推广，但是藏房毕竟不是水泥墙，这样搬来搬去，木板架来架去，很快就会弄垮了。

我跟堪布聊起住房的事。他说，他的房间已历经了半个多世纪，有很多人住过，百年如一日，家具完全一样，没有什么需要增加，也没有什么得汰换，平平安安，非常吉祥。我这才明白，原来自己太贪心了，总觉得住在这里，无论是学业进修还是佛法修行，感觉还有好长好长一段时间要度过，房间里总要多塞一点东西，才能证明自己做过哪些事。

当初释迦牟尼佛仅在一棵菩提树下的一席吉祥草垫上便证悟，相较之下，这三平方米的小房等同可以容纳十多位佛陀。我的心，盖了很大的房子，也久久不见佛陀来做客。

▼就算房间挤到爆，也要穷开心！宿舍会如此寒酸，并非院方没钱。宗萨仁波切与相关的基金会每年都会将辛苦募集而来的善款汇给洛热老师，由他来分配处理，主要都是应用在教育经费上。仁波切认为，外在的建筑盖得再好也终会毁坏，还不如用来培养人才，这才是长远之计。

第8话
可乐配糌粑
这里的不开心农场

藏地的开心农场，到底开不开心？

▶堪布手上拿着我供养的月饼与他从来没吃过的柚子。

　　某年的中秋节，朋友从成都托人带了中秋大礼给我，有各类水果、月饼，还有一些食材，真的很开心！我等不及带着这些中秋大礼去堪布那儿先供养分享了！月饼、猕猴桃和柚子，都是堪布才旦这辈子从没吃过的。

　　因为自习课的时间已到，我把东西留下后就先行离开。隔天再去一趟时，堪布指着地上的柚子，一脸纳闷地说："这是什么水果？为什么你们汉族过中秋都吃这么难吃的东西？"

　　"难吃？！"我脑筋"卡"了一下……（难道？！）

　　我把那只柚子拿过来看，问说："是哪里难吃？坏掉了吗？"问的同时才发现，柚子根本没切开呀！

　　堪布指着那层"白色的东西"说："不是吃这个吗？好难吃哦！"

　　哇！原来堪布吃到的是柚子皮和果肉之间那层厚厚的白色海绵状物！（我这辈子也从来没吃过那部分，应该不亚于香蕉皮吧？）

　　我赶紧把柚子剥开，取出里面的果肉给堪布。堪布才笑说："呵呵……这才像话！好吃！"

　　堪布吃完后为了化解误会与尴尬，特地翻译了今天他在课堂上讲的一则笑话给我听：

　　关于布施与供养的功德，你只要做了，两个人都能得到好处。如果东西只是拿来自己独享，除了变成自己的大小便之外，毫无用处。

关于我的牛式吃饭法

　　说到我的大胃口，在当地是非常有名的。如果台湾美食节目《食尚玩家》有藏族版，那我绝对比莎莎或浩角翔起还会吃、还会介绍啦！藏族食物真的很美味，味道虽重，但几乎都是纯天然、没有加过工的。特别是入口即化的酸奶，味道绵绵不绝，扑鼻而来的浓郁奶香，余味绕鼻三日，久久不会散去！

　　就因为我这么会吃，洛热老师的夫人（以下简称师母）常常对我赞不绝口，也因为相较于藏族人，我吃东西的速度特别慢。藏族人吃饭几乎都是用吞的，我则是很优雅地一口一口慢慢吃。师母常常会模仿我吃饭的嘴型说："你看看！我们这边的牦牛也是这样吃的……嗯……呀……嗯呀……"就像骆驼吃东西时那样，左右大幅度地扭动嘴巴。

　　他们笑我吃得虽慢，却能把剩菜全都吃干净，一点都不浪费，实在很厉害！有几次，我特别爱吃土豆，师母就戏称我为"土豆仁波切"。师母说："你是成就者转世的吧！因为再难吃的食物到了你面前，你都能吃得让人感觉很好吃的样子，而且还能全部吃光！"他们玩笑归玩笑，还是叮咛我慢慢吃，不要急。他们告诉我，能像我这样不挑食的外来客实在很罕见。有些菜只要放隔夜，就会混杂有肉类的腥味，通常游客就不敢吃了。更何况，很多藏餐、干肉都是口味很重的，他们根本不敢尝试。还好我不只能吃，还可以自己下厨，所以我来这里真是来对了。到学院去念书就要自己料理三餐，对我而言并不是难事。

从烧柴、瓦斯到电炉时代

　　2004年8月，我第一次来学院住时，还是烧炭炊事的时代，没有煤气也没有电，要自己囤积一些黑炭，在桌型炭炉上煮饭。如果你没有户外无具野炊的经验，就只能去隔壁要饭了。因为当地没火种卖，光是生火、让炭烧红，就得花上半个多小时，煮好一饭一菜就得花上一个半小时。2005年，与当地客运公交车合作，引进煤气罐，才省下了一大半时间。因为学院宿舍都是木造房，层层相连

▲藏族人的午餐很简单，就炒一两样主菜，分装在小盘子里，大家一起吃。跟汉人比起来，藏族人并不擅长炒菜，他们认为菜要煮得越烂越好，肉要生的才好吃，再加上吃的口味超级咸，酥油茶又油得不行，所以很多外地人都宁可自己开伙。

过于密集，小小的学校里就有两百多罐煤气，万一其中一户爆炸了，肯定是连环爆，后果不堪设想！有人就笑说："不会的！有护法神在保护！就算要爆，也只会爆你那一间！"这当然是玩笑话，但寺院管理委员会仍积极规划改装大型变电器，让学院每间宿舍都改用电炉。这样做虽会增加电费，却可减轻承受不起的风险。因为这所学院是百年古迹，不能因个人疏忽而毁于一旦。

学院因为碍于经费与人力资源，至今并没有公共餐厅，一切都要由师生自行买菜来开伙。对于此情况，堪布也说了，个人的饮食习惯和食量皆不同，如果把他们每月的零用钱扣来煮大锅菜，他们宁可自己吃自己的，所以餐厅这事就此作罢。这种情况在印度多数的藏传寺院都没得选，大家都得吃大锅菜或素菜。如果让我选择，我还是比较喜欢自己下厨。

要学生自行处理温饱问题还不简单，上街去吃不就好了？在校区外面有一条叫"给玛库"的商店街，有近十家小吃店，川菜或传统藏餐皆有。由于里面多半设有电视机，有一阵子，一些年轻学生常和女服务员聊天嬉闹。这样"吉卡若"的不良谣言最后传到了院方，从此就制定了一条"禁止在外餐馆内饮食"的规定（但可以外带）。因此，大家就只好乖乖地回去做饭了。

康谢菜贩店开幕记

院方断了商店餐馆的生意，但菜贩们也不是省油的灯。学院的学生有三四百人，几乎是他们的主要客源，怎能放过呢？因此路边摊就开始出现，每到中午与傍晚下课时段，门口就出现了各式各样的菜贩。有人甚至直接架起炭炉，卖起最诱人的烧烤。喇嘛人手一串，边走边吃十分不雅，再加上浓烈的味道会传遍校园，最后还是被院方劝止贩卖了，只出现了卖青菜、包子、凉粉、面疙瘩与锅盔（就是像脸那么大的干面饼）等的摊位。

此外，藏地真的不能种菜吗？不，传言是错的！只要海拔不过高，基本上都是能种的。康谢当地海拔有三千六百多米，像白菜跟土豆，可以说是藏族人最爱吃的蔬菜。除了冬天，只要有土地都可种植。

后来因为交通发达了，每天都有卡车从泸定县或甘孜县运输各类新鲜蔬果到国内各个藏区，包括汉地常见的各种蔬菜和水果，如小南瓜、莴苣、西红柿、小黄瓜、菜花、茄子、小白菜、大白菜、白萝卜、青椒、西瓜、香蕉、橘子、苹果等，应有尽有。小白菜一大把才人民币一至两块钱，两个人可以吃一餐，一人可以吃两餐，而且所有的菜几乎都帮你洗好了，绑成一束一束的，真是"揪感心^①"！

2008年因为物价上涨，当地的菜贩调高菜价。学院也拿他们没办法，因为附近就只有他们在卖菜，垄断了市场。所以堪布就问新任的铁棒喇嘛说："你们想不想卖菜？"有一位铁棒喇嘛就自告奋勇接下了这个重任，他一边搭建校园菜贩店，一边忙着联络甘孜县的菜商，定期运送蔬果来校园，学院史上首家公营菜市场就这样诞生了！

什么都能配的糌粑

藏地各处的交通建设迅速发达了，该有的蔬果也都有了。相对的，一堆化学食品同时也引进了，小小的杂货店里摆满了琳琅满目的新奇食品（饮料、泡面、罐头等），成了藏族传统主菜之外的配菜新选择。

藏族的糌粑跟我们的面与米饭一样，可以搭配任何菜色，但是他们的喜好难以捉摸。我把巧克力粉混在糌粑里一起揉，他们吃了想吐，但是居然能一口糌粑一口可乐，甚至配麻辣锅。藏族的麻花油条配泡面吃，咸茶却配怪味的土豆片和饼干。

当然这都是年轻人的新吃法，老人家也会吃，但是

①揪感心：非常贴心。

◀洛热老师家门外就有一小块开心农场，由师母亲自栽种。里头有小白菜与土豆，纯天然种植，不添加农药与化肥。

◀在这里几乎可以买到各式各样的汉地商品，除了价钱稍贵一些，还常有山寨版，日用品的质量与食品卫生也令人担忧。

他们很专一。有人爱配冰红茶，有人爱配汽水，有人喜欢喝"红牛"，因为他们说那个东西营养丰富，喝一瓶会比较有活力。总之，只要他们爱上一种品牌的食物，就会一箱一箱地买。相对的，如果食品有问题，他们也会一辈子都不碰。

此外，我十分确信佛家说的"业力如影随形"这件事，因为在遥远的雪域高原，居然能买到台湾的珍珠奶茶！虽然这是台商在大陆生产的冲泡式产品，但我还是深深觉得这是我心中欲望的投影，我渴求的俗物都一一出现了。更令我纳闷的是，已经习惯喝咸茶的藏族人，居然也爱喝台湾的甜奶茶！

后来咖啡也引进了，一开始没什么人买，有人觉得太苦（我觉得咸茶才苦）。我跟他们解释说，喝咖啡可以防止上课打瞌睡，一天一两杯是没问题的，心脏不会怦怦跳！不会打瞌睡对学生而言是多么振奋人心的事呀！他们就买了几杯来喝，第一次喊苦，第二次觉得好喝了，第三次就天天喝。似乎是只要有益身体的，就算再难吃，藏族人也会试着爱上它。但是一些坚持传统的人，无论如何都不碰那些东西。像堪布才旦就是不吃喝

垃圾食物的典范之一。堪布说，他不会因为食物而
影响或改变自己的作息，不喝咖啡一样不会打瞌睡
（所以，堪布把人家送他的咖啡都转送给我了）。

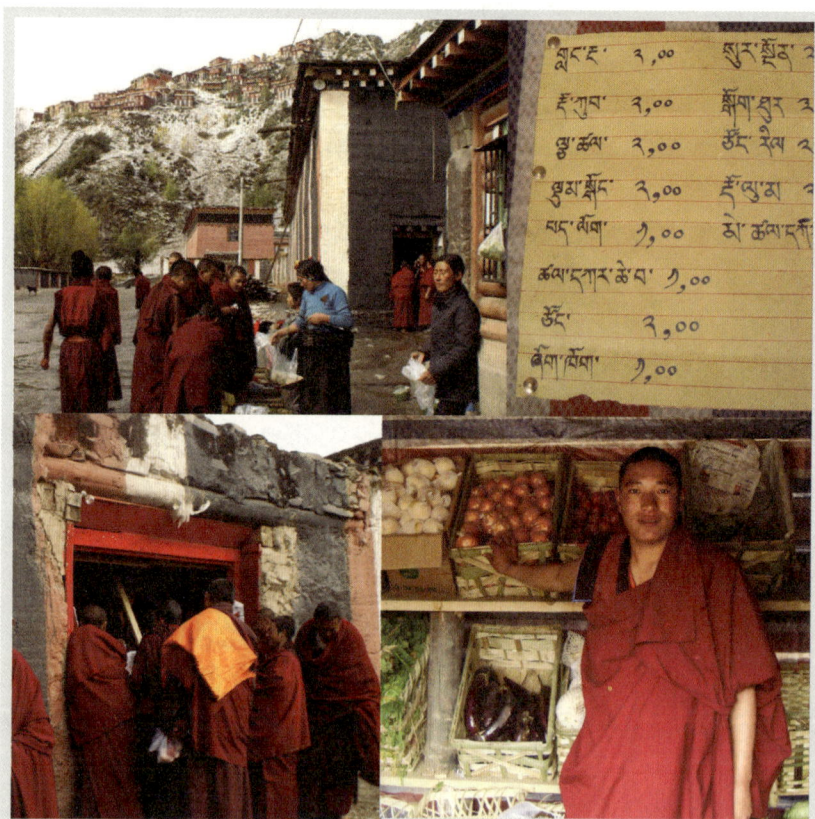

（上左）康谢菜贩店还没开张之前，门口有各式各样的菜贩摊。
（上右）菜贩店张贴藏文的菜名，价钱便宜，而且所得皆能回馈给学院。
（下左）菜贩店位于第二校区门口的围墙边，缺点就是不能自己选菜。
（下右）菜贩店由铁棒喇嘛负责，还有几位自愿轮流的义工，下课时忙得不行。

××牌纯净水比天山神水还好？

有一天，我发现好友南加的房里又多了几瓶不该出现的东西——××牌天然纯净水。

我问他："买这个做什么？不是可以自己打水来煮吗？"

他说："嘿嘿！这你就不知道了，这是纯净水呢！用机器洗过的水，最干净了！河里的水可能会有虫子，所以买这个来喝比较安心！"

我一听他讲完，便快晕过去了……

我笑道："你们旁边就有天山雪水，却要花钱喝这种化学自来水。你大概不知道这种水是怎么做的吧？"

果然一问三不知，他看得懂汉语，认为标签上写的都是真的。我便告诉他："没虫是吧？是没虫，因为无数的虫子早就在工厂里被漂白剂与消毒水给杀死了。这跟你误喝一瓢水里的虫比起来，哪杯水里的虫子死得多呢？"

虽然他已经明白了真相，但是我估计为时已晚。此时此刻，应该有成千上万的藏族人舍弃了自己家园里堪称世界上最纯净、最天然的雪水，而把这种名为最纯净的矿泉水当成饮用水天天喝。我并不是反对他们喝这种水，而是为何要在这样高海拔、远离尘嚣之外的净土上，去追求这种人工的化学食物，真是一件讽刺的事。

胆固醇女孩在雪域

台湾有一则茶饮料的广告，影片中一个胖女生背负在大吃大喝的男子身上，用她来形容胆固醇的沉重负担如影随形。但是在我看来，藏族人体内累积的胆固醇，已不只像身上背着一位胖女孩，而是一头大牦牛！

藏族人早些年前并不常吃鸡蛋，后来藏地鸡蛋货源供应稳定后，基本上每天都买得到。再加上川菜馆的"西红柿炒鸡蛋"这道又酸又甜的菜，好像正中藏族人的口味，蛋料理就这样被引入宗萨了。如果藏族人光吃肉，不配蔬果，胆固醇还是很容易累积，更何况再配上高胆固醇来源的蛋。而且那些蛋的质量不一，常听说有孵出小鸡的惨剧，所以买回来得先用LED灯照照看有没有"鸡"形。在藏地虽然有如此的风险，但仍然抵挡不住吃蛋的风潮。

自从学院的菜店开张之后，买蛋的学生变多了，每次一买就是一大袋，估计有一打以上，他们每天把蛋当成主菜吃。我问好友南加吃蛋的原因，他说："因为我改吃素啦！不吃蛋的话，只吃青菜和饭，哪有营养啊？"一问之下，他每餐都吃两三颗以上的蛋，而且最喜欢吃的就是蛋黄。但他们完全不知道那就是胆固醇的主要来源之一，一次吃下三五颗蛋黄配上高脂肪的酥油，哇！真是恐怖的组合，他们居然吃得津津有味。好啦！很多人开始头晕了，腰痛、胆结石相关症状都出现了。胆结石可说是这里常见的病症之一，我跟他们说了，但他们还是不信，宁可要吃饱，也不怕多吃药。传统的藏族食物吃多了没问题，酥油加上藏族的"黑茶"与糌粑，据了解有"油切①"的作用，所以千百年来族人们才能如此健康，其中必有一定的平衡道理。但是现今化学食品多了，鸡蛋为了量产都打生长激素，他们却不知道这些弊病，实在令人担忧。

---

①油切一词来源于日本，是日本商人炒作创造的名词，意思是脂肪被切断。

▲堪布才旦的三餐非常简单，早晚吃糌粑，中午吃一饭一菜，偶尔吃包子。中午的菜只用盐和油来炒，不添加酱油、醋等调味料，也不喝市面上卖的饮品，只喝白开水、藏茶和酸奶。

别让藏族人的健康被基因改造

　　堪布才旦感慨地说，我们拥有世界上最美妙纯净的食物，但是想吃的人不多了。这些饮食迷思在这里还只是个开端，物质文明进步了，但是配套的健康饮食观念还无法传播开来。单纯的藏族人认为食物都是诚实的，商人都是有良心的，吃了对身体一定有好处，就算没好处，也只是拉一拉就算了，但他们不知道一些隐藏的危机。

　　如果您有机会去藏地旅游，请务必尽一份心力，告诉他们这些观念。藏族人消息传播得快，接受新观念当然也快。在这些风险还没影响到下一代的健康之前，我们还有机会可以改变并帮助他们。

第9话
喇嘛您为何这样激动
超尴尬的喇嘛如厕之道

喇嘛学会"放下"的第一堂课，居然是在厕所里？

以下是我在《喇嘛百宝箱》博客上的公告：

由于我的文章《喇嘛您为何这样激动》涉及介绍僧人上厕所的方式，造成某些人的不悦，网友LDHC对此提出了强烈的反对意见，因此我在此向大家征求意见：

这篇文章是否严重毁损佛教形象？是否该删除这篇如厕之文？还是把这篇文章设定成好友才能阅读的权限？不知大家意见如何？

以下是反对方网友LDHC的评论响应：
（为了就事论事，仅以代码取代昵称）

佛祖袈裟是神圣的。脱了袈裟要如何嘲笑或做噱头都无妨。你我的见解都不重要，重要的是文章建立在什么样的心上。别说修行者，即便社会底层的凡夫，也不会把如厕之事登载在网上并图文并茂。当然，每个人都在选择自己的路。既然是佛弟子，就要懂得最基本的戒律。

可有可无的文章，有些事意会好过言谈，何况上下"走动"是人身自然本能的事情，什么都上网宣讲还图文并茂，对自己和他人都不尊重！

1.如果您的文章只限定在对藏传佛教弟子圈内阅读则无可厚非。

2.不是社会上有的就是好的，或者别人在宣传，您也可以宣传。

3.原因是如果您不曾穿过袈裟，什么都不是问题，老百姓对僧人的评价五花八门，因为他们的认知相差太远，看了您的文章会对僧人产生不利影响。

4.如果有穿袈裟的人与您同样宣传，我一样义正词严。末法时期能守戒，强于正法时期的阿修罗，想必您是知道这点的。修行者的言行如履薄冰，大意不得，否则就是知法犯法。如何做，您自己拿主意。

上厕所？不要以为这是无聊的事，这可是这里的喇嘛必备的生活技能。想来这里住，先看看你敢不敢和大家一起上厕所再说吧！想学会"放下"？第一堂课的教室就是在厕所里！（过于激动与严肃的朋友，请饭后阅读）

"脱裤子"是第一大关

如果你刚看完"喇嘛72变"那一篇，就应该知道为何喇嘛不能穿内裤了。由于原始的袈裟是由三块布来包裹身体的，如果站立方便的话肯定会"露馅"，因此佛教就在戒律上规定出家人"不可以站立小便"，因为蹲下时可以用下裙布把下体遮掩住。但是这规矩与汉人和洋人的风俗习惯冲突了，因为蹲立小便是女人的行为，男子汉大丈夫岂可这样做！所以，汉族的僧服不但把裙子改成了裤子，也没有蹲着解便的习惯。

在藏地还是保有原始的规定，这里除了一些私人住宅之外，其他都是开放式的公共旱厕，也就是没有门也没有隔间的厕所。如果你既穿喇嘛裙子又穿裤子，上厕所把裤子拉下来时，大家就会笑你！很多人想来藏地上学，换上了喇嘛衣服后却不知道该怎么上厕所，直接穿裤子到公厕去反而"一人独秀"更难看。因此，不得不学会怎么入乡随俗——穿裙子上厕所的方式与心态！

▲这是布达拉宫里的公厕，也是我这辈子第一次上藏族式的厕所。男用和女用其实都一样，都是蹲坐式。往茅坑内看下去是中空的，东西一拉就直接从五楼的高度落到一楼。那一刻，我已经忘了心中是快感还是罪恶感。（万一砸伤了小动物怎么办……）

什么是"激动"

"激动"是藏语"小便"的类似发音（原音比较像"进洞"，更好笑），因为这和上厕所时的心情实在太吻合了，因此就容许我姑且把"小便"这动作翻译成"激动"吧！

如果你不是想小便，而是去上大号（加巴洞），也只要说"激动"就好，因为藏族人认为说自己要去大便是很难为情的事（其实跟我们的文化习惯差不多，我们也都是说去洗手间）。所以无论大小号，就只要跟别人说"去激动"就好了。此外，对于活佛喇嘛们如厕的敬语，则有另外的藏语"恰送"，意思是去了厕所。

何处可方便

　　尿壶（夜壶）在传统藏地几乎家家户户必备，这东西会成为日用品，是因为藏地传统土木房并不适合盖太多间厕所，通常平均一户一间厕所。又因为不是冲水式的，所以都会建造在门外，夜间如厕相当不便，因此每人一定都会自行准备一个夜壶，男用的是绿色小口的（口径大约三厘米），女用的是蓝色大口的（口径大约十厘米）。有人临时找不到或买不到，就会以塑料瓶来代替。因此，来藏地定居的第一件要事就是上街买尿壶。

　　在寺院或学院的宿舍里，也因为距离公厕甚远，再加上房内自习课时间长，所以只能用便器应急，白天或下课时再将满满的内容物拿去公厕倒掉。因为学院的师生人数很多，所以随时可见到一大群喇嘛光明正大地提着绿色小夜壶在路上行走的奇异景观。

　　学院的住持大堪布由于身份问题，不宜到公厕，为什么呢？因为大家只要见到堪布，都得暂停手边的工作，弯腰敬礼，直到堪布离开视线后才能恢复动作，所以如果大堪布跟大家一起上厕所，会吓坏很多人（肚肚里的"土拨鼠"会窒息），因此只能在他的房间设专用小厕所（也是传统藏式的）。

　　有时候，我到堪布的住处帮忙处理电脑工作，遇尿急时会向堪布借厕所用，但是尽量避免有外人在的时候，毕竟那是等同于只有活佛才能用的"御用厕所"，不是一般弟子可以用的。我当初使用时一直有强烈的罪恶感，后来就尽量忍着去外面上了（为了享受一时痛快而折损福报，代价未免太高了些）。

▲传统藏地路边的公共旱厕。

▲男性用的尿壶。

藏地的旱厕建造就像火车铁轨一样的排列方式，两根木头是蹲立点，其中便是如厕处。如果在寺院的法会、庆典期间，公厕不敷使用时，藏族人无论僧俗，就会直接在邻近的排水沟上就地方便，此举也常常让女游客十分尴尬。

宗萨学院则有一个专门让百人使用的公共厕所，但是也有不少学生为了节省时间，直接光明正大地在路边或河边解决。还好看起来很像蹲在路边欣赏风景，但这仍是错误示范，千万不要学习！如果真的找不到厕所，还是要勉强找个遮掩处或斜坡为好。

正确的蹲姿示范

曾经有一次，我在寺管会主任家里，教电脑课的金巴喇嘛很用心地示范如厕动作，蹲下来后要怎么拉裙子，手往哪个位置拉，拉到哪个高度……家里的老藏族

▲这种火车铁轨式构造的旱厕，是专为穿裙子的喇嘛与藏族人所打造的，只要把后裙尾直接摆到后面的凸木上就可以安心如厕，重点在于让整个裙内保持中空的状态。如果是在路边解决的话，就要稍微练习一下拉裙尾的技巧了。如左图这位，就是裙后方没有凸木。

人看我们这样蹲来蹲去，都快笑翻了。其实这并没那么难，我一开始学怎么上厕所时，就很谨慎地依照那位喇嘛的方法来拉裙子，左拉右拉，前拉后拉，等到搞定后，旁边早有十位喇嘛已上完厕所。因此，我发现那位喇嘛教我的方法好像行不通。

后来遇到另一位学院的汉族喇嘛，他就笑道："拜托！这是谁教的？这么麻烦！你只要把裙尾往后面的木条上一摆，就大功告成啦！"整个过程不用一秒。一般藏地的公厕多半都是用木板和大木条组成的，所以会有起伏甚大的凹凸位置，只要你脚站在凹的站板上，把裙子后方摆放到后面凸上来的木条上，基本上都不太可能会沾到脏东西。但是要先检视一下那块凸木条上面是否沾着"酱"。因为有不懂事的小孩或急着拉肚子的人可能会乱拉一通。

其实金巴喇嘛教的方法并没有错，因为藏地路边通常没有多少公厕，只能在草丛和树旁就地解决，因此还是需要学会又快又准的拉裙子技巧。而且一定要在进入冬天前熟习这项技巧，因为冬天时，内裙都是毛，又很厚，万一沾到了，难洗也难晒干！

如厕如上战场

无论是寺院还是学院，法事或课堂时间都很长，差不多两小时才下课一次，因此要好好调整自己的如厕时间。像学院里每天最尴尬的时间在午自习、午自习从吃饭到下午三点半下课之前，都只能待在房内。

因此昨天到今天上午所吃的食物累积到中午，又吃完一天中最饱的中餐后，常常会忍不过三个半小时，因此就得养成早上"清仓"的习惯。藏地的生活步调和都市人大不同，如果生理时钟不能适应与克服，就连活佛喇嘛都加持不了你。

一般我们在都市上厕所时，用卫生纸擦完后，都会不经意地看看卫生纸上有没有擦干净。但是在藏地旱厕，这样把沾有"巧克力"的卫生纸拿上来检视是很尴尬的事！以前刚看到喇嘛们上厕所如此神速，我都会怀疑他们到底有没有擦干净。后来我发现，大家都会准备两张卫生纸，用感觉来决定。如果是拉肚子，就多用一张纸；如果感觉很干净利落，一张就够了。这个技巧我实在很难告诉大家，简单一句话：如人饮水，冷暖自知！

夏天因为日照强，天气较热，所以旱厕下方的千人粪冢会发出臭味，但还不至于成恶臭。这臭味对一些鸟类与狗友就是美味大餐，因此当你在上厕所时，会发现正下方有动物朋友在享用你的可口"蛋糕"。不要以为这是玩游戏的画面，用蛋糕打多少怪物就得多少分。一般喇嘛还是会做声驱赶后再继续，上厕所也是可以学习慈悲呀！

冬天情况更不妙，第一关是木头上都是积雪，记得要先把雪清干净后再踩上去，否则……第二关，风雪交加，那些风中的白色锉冰会完全灌到裙内下体，一阵冰旋风……呼！（白色香草加巧克力？是OREO[1]巧克力！）真是令人难以言喻的体验，绝对是你在都市无法

▲这个宗萨学院专用旱厕的历史悠久，至少有二三十年以上。重点是底下的"黄金"从来就没有清理过，可以说是超级浓缩肥料。不管怎么囤积就是不会满上来，而且猫、狗、鸟类等动物都喜欢在此地进食。

①OREO：奥利奥，美国的食品品牌。

体会的妙感！瞬间你的裙子会像被台风吹反了的红伞（或玛丽莲·梦露挡裙样也行），急忙一抓之下，手上的卫生纸却飞走了！没关系，旁边一定会有人给你的，这算是公共旱厕最贴心的小事。

在厕所里谈天说地？

一般都市厕所都是一间一间的，除非是缺卫生纸，否则几乎不会跟其他人互动。但是在藏地公共旱厕里，常常都是几十个人一起肩并肩蹲着如厕，而且旱厕并不是左右并排而已，还有前排！对方就跟你面对面上厕所，下方的流量一目了然！

化解这种尴尬气氛的方式，就是聊天，让注意力转移到话题上。但是由于音效太明显了，你甚至还会看到对方的尿柱向下喷多远，啪啦啪啦地拉下了多少"蛋糕"。看到不净还能优雅地和对方若无其事地聊天，这是第一阶段的尴尬。

当你拉肚子或对方拉肚子时，"（噼里啪啦噗噗……）我跟你说哦……

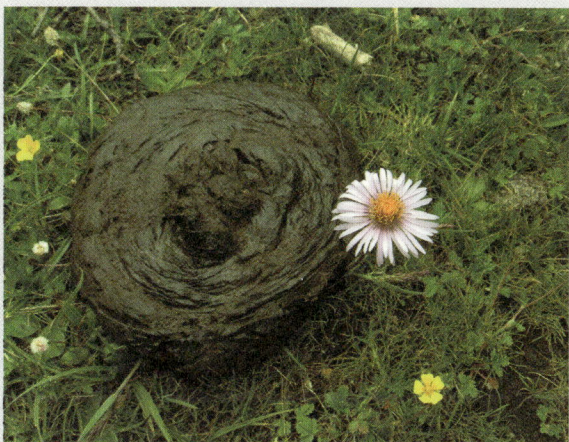

▲这是我第一次踏上雪域高原时，刚好拍下的"鲜花插在牛粪上"的照片。有些我们认为脏的事物，到底是哪里脏呢？

（噗！啪啪！）昨天我去……（嗯！哦！噗！）……某地方……（噗！噗啪！）……"就这样得强忍不笑还假装正经地继续聊下去，这才是第二阶段的最高境界！很多训练有素、威仪至上的汉地和尚都过不了这一关。

所谓庄严，并不是制造干净、严肃的环境来庄严一切，而是在不同环境中，能以如法的心态与大家和乐融融，随顺众生，欢喜自在。这就是这里让喇嘛学会放下的第一门课：没有什么好激动的事，放下功夫就如每天如厕事。

改建现代化的公厕？

◀洛热老师正在指导兴建新的环保沼气池公厕。

印度或其他国家的寺院或佛学院，由于是现代化的水泥建筑，所以厕所几乎都设在宿舍楼梯旁，一楼一间或左右各一，而且他们也可以穿内裤或裤子，个人隐私的情况就跟一般都市社会差不多。而偏远藏地的水塔和抽水设备资源还不发达，所以要改装成现代化马桶相当有难度。有几位外国人曾经向堪布们建议改善厕所，目前宗萨学院已经在兴建环保用的沼气厕所，可以将厕所内的沼气回收做日用，原本的那个古董大旱厕就会被废除。

"厕所的大便拿来当煮饭的煤气用？"很多喇嘛听了都快笑晕了，看来这场厕所大战还有二部曲可拍呢！

《喇嘛您为何这样"激动"》网友热烈回应

★**老拙**：阿弥陀佛！以前也听说过有高僧在大庭广众下公然方便的公案。若非都已放下，哪能有这样的勇气？人和人都一样，不洁。但愿永脱轮回之苦！

★**鱼鱼不游水（四川成都教师）**：这篇文章真是"太有味道了"！啤酒＋巧克力＝妙道菩提！放下！放下！放下！大家坦诚相见，没有什么好在意的，都要丢掉的东西，还担心它吗？这就是学会放下的第一门课：没有什么好激动的事——百味人生，无处不是学问！无处不显法味甘露！

★**嘉措**：精彩绝伦！哈哈哈，解决困惑了我多年的悬疑……

★**达娃拉姆**：哎呀！你写得真的很不错！虽然女众出了家，显了丈夫相，但是就这个问题，我也是适应了好长时间！不容易啊！哈哈！

★**网易博友254**：忍着头痛在美妙的背景音乐中读这篇文章，实在觉得这不是件"吉卡若"的事。太不容易了。实在……叹服您图文并茂的讲解如此之细致！重点：上厕所可以训练让你的我执与面子先丢一半！是的，这就是困难所在。

★**莲台回复LDHC**：自称八风不动平常心，一厕图片即起念。你自己去参悟吧！

★**znkeo（我的大学同学）回复LDHC**：很ok的文章啊！内容也很有趣味地介绍了当地文化，画面上并没有让人不舒服的地方。况且就算是成佛了，只要还有肉身，这就是很自然也很重要的一件大事，有何不可？

★**10zin Wangyal（拉萨的藏族人）回复原人**：我觉得你写得很好！支持，我们是个心态很开放又幽默的民族，上厕所当然是很重要的事情，而且谈这个又怎么样了？很好，支持你！这也是一种知识！

★**CELINE回复原人**：留下吧，被拍的人都放下我执了，有啥好不能放啊！这文章给我上了一课，当初我第一次到北京时看到没门的厕所，硬生生连很急的"激动"都憋了一小时，硬是要友人赶紧带我到厕所有门的餐厅才肯好好地解放。若是到了宝地还不放下执着，恐怕我会得膀胱炎。文字间也无亵渎之意啊！

★**佛教藏密之家（青海结古寺资深喇嘛）回复LDHC**：有意思！这篇文章很好啊！没有什么不对的地方，师兄您写的都是事实，僧人这样上厕所是犯戒了吗？我看这不是犯戒，也许是您的博友喜欢密宗，但是不了解密宗的戒律。那他如何解释律经论里说僧人不能穿裤子，不能站着小便，那汉地的出家师父大部分都穿裤子，站着小便，又如何解释呢？难道他们都犯戒了吗？无论你是藏传佛教还是汉传佛教，守的戒都是律经论里所讲的戒律。藏地的僧人不能站着小便、不能穿裤子等，汉地的僧人可以站着小便，也可以穿裤子，都是有原因的。我建议师兄您的博友先看看《律经论》，然后再说咋样？哈哈……

★**周文总结LDHC**："方便"度众生，阿弥陀佛！扎西德勒！

第10话

无期屠心的教育

学院可以终生留级的开放教育

在这里，你想学一天也行，想终生留级亦可，
因为堪布要的，并不是你的成绩。

2007年8月11日日记：震撼的开学教育

今天是开学第三天，堪布才旦上课前在座位上用藏语向大家说了几句话，然后一阵鸦雀无声，大家傻了几秒钟互相看来看去，似乎不知道发生什么事就突然下课了！一问之下才知道是大家没背书，被堪布罚在大太阳底下背书三小时。

事后，我问高级班的学长说："这样罚背书的情况，今年是第一次吗？以前有过吗？"学长说是今年第一次，以前也常有这样的情况，所以，这是堪布在开学时给新生的震撼教育，后来一整年果然就没人敢不背书了！这件事让我知道，这所学校没什么时间表与进度表，一切都是堪布说了算！

这里虽然名称是藏传佛教的佛学院，但是我比较喜欢以"学院"来简称它，因为它并不是一所只能学习"佛法"的学院。这里自佛教从印度引进以来，寺院与佛学院都是学习知识的主要殿堂，除了佛法之外，还有藏文书法、哲学、工艺、医学、诗词等，总称"五明"的五大知识领域。因此，这也是为何藏族家家户户几乎都会送自己的孩子去当喇嘛的主因之一。等孩子学成之后，他可以自由选择继续出家修行，也可以光明正大地还俗，从事自己喜欢的职业。像洛热老师小时候也是喇嘛，他有四个儿子，小时候也都送去当喇嘛，后来一位到汉地去当住持，三位还俗当了藏医，继承父业。

老黑堪布成了宗萨学院的"教改之父"

早期，一般传统藏传佛教五明佛学院的教育方式很简单，除了格鲁派有一套较复杂的体制之外，其他教派多半是由一位大堪布与一位"覆讲师"组成。"覆讲师"就是覆诵堪布课程的讲师，而主讲的大堪布会独自一个人依序将《五部大论》（藏传佛教主要学习的五部主修论典）讲完，下午就由覆讲师再重讲一次。大约三到五年完成一期课程，然后大堪布把棒子交给下一任后就退休了。

重建后的宗萨学院，上课方式也是依循传统。直到堪布才旦接任，他认为这样的体制对程度相差甚大的学生不是个好办法，便慢慢将这种"单向式"的教育制度，改成"一校多师多课程"的选修制。因而多花了几年时间培育师资，很多优秀毕业生也复制了这样的成果，在藏地各处创建了二十几所新的学院，深深地影响了藏地的僧人教育制度。

堪布告诉我，其实他担心的是找不到优秀的接班人，因为会对不起当初交棒给他的前辈，所以自己宁可晚点退休，直到找到真正有实力的好老师，也绝对不能草草接班了事。

好像回到千年前的上课方式

堪布虽然改变了一校多师的选修制，但是上课的规矩仍完全按照几百年前所传下来的。学生早上九点

▲左图是每天上下课时，大家在门口弯腰恭送堪布离场的情况。右图则是平日下课时的情况，大家见到任何一位活佛或大堪布时就得放下手边的工作，站在原地诚心地向堪布弯腰行注目礼，直到堪布或活佛远离你的视线为止。这样"尊师重道"的礼仪会让外人觉得很古板甚至封建，但现场感受到的是难以言喻的佛法虔诚文化，大家都是心甘情愿地礼敬师父们。

进殿堂准备上主课时，会边走边用慢声调唱诵相关祖师的四句赞颂文，乍听之下很像古代衙门所唱的"威——武——"。坐定位之后还得唱大约十几分钟的祈祷文，堪布还得念一段三分钟的祈祷文，下课前还有五分钟的回向文。也就是说，整堂课扣除正课时间外，唱祈祷文的时间占了三分之一，这种古老的"收心操"超有FU①的。但是据说这套很耗时的规矩，在印度已经被省略了。不过，我个人还是觉得这样庄严肃穆的"慢慢来"，心比较能"快快到"。

大家都入座后，紧张的时刻就来了。堪布会拿起签筒抽问三位学生，让他们即兴讲解昨天上课所讲的精要。被抽到的学生不管会不会讲，至少得撑个五分钟才会换人。有些好学生讲得很好，堪布甚至会让他多讲一小时。此外，别以为抽过你的名字就可以放松了，因为抽完的签还会再放回签筒，所以每天的概率是一样的，不让学生有侥幸的心态，每天都得战战兢兢地背诵与学习。至于我嘛，大概因为我是汉人初学者，所以签筒里并没有我的名字（因此我一直都不用功）。

外面世界的现代化学校里，教务处每学期都会安排课程的教学进度大纲，无论教快或教慢，到了期中考、期末考前就得按进度教完，不然学生就考不了了。但这里完全不是这样。我是八月份上学期入学的，理应从头教起，但一开学上的是课本的最后一章，也就是上学期末没教完的进度。这么一

①台湾流行语，非常有感觉的意思。

来，上学期的进度会不会也教不完而欠到下学期呢？不会的！

堪布才旦每学年度的教学都会斟酌取舍一些内容，例如去年多讲解了第一章，第二年时此章就会少讲一些，然后再多讲些其他章的补充。因此每年都会听到完全不同版本的整合讲解，也就不会有上下学期教不完的问题。所以就算你已经选修过一次，重修也会有全新的收获，这也是避免学生偷懒只依靠自修听"录音档案"的妙招。

因此，课程进度该怎么安排，每位堪布心中都有丰富的经验与弹性，完全按照学生的学习弱点来加强教学。因为堪布可以从课堂上的问题讨论及辩经，观察学生的学习盲点在哪儿、误解的见解在哪儿。这样一来，堪布上的课就百听不厌了。

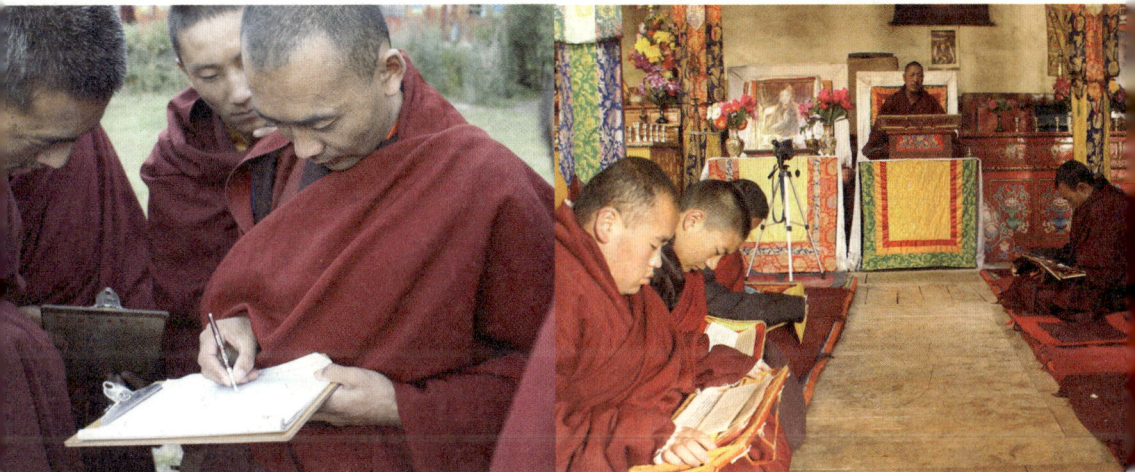

▲堪布博巴扎西所指导的藏文书法课没有教室，想学的人随时随地可以拿纸笔来找他学。

▲堪布才旦负责指导人数最多的一、二年级"中观"班，随着年级升高，学生人数会越来越少，到最后每年只有十位以下的毕业生。

以一敌百与一门深入

在千年佛教传统下，藏族的师生关系通常是很严肃的，老师是高高在上的喇嘛，学生只能乖乖无语地接受教法。尽管印度与欧美国家的藏传寺院已经逐渐调整为现代化的交互式教学方式，但是在中国境内的传统藏地里，仍旧保有千年不变的习俗，这对已经接受现代化观念的年轻喇嘛而言，常会造成学习意愿不佳的情况。为此，堪布才旦想出了变通的办法，他将宗萨学院的课程分成两部分：进度正课与复习课。正课上了大约十几页的进度后（视内文难易度而定），就从头复习一次该进度。复习课又分成两阶段，前三分之二的时间是堪布一人与全部学生的问答互动时间，后段则是堪布快速覆讲

▲教室有限，有时候因为雨天漏水或破损整修中，大家就会随便找块草地即席上课。

▲清晨六点的覆讲课，通常天还是黑的，还会常常遇到停电。在发电机等资源不足的情况下，只能用蜡烛来照明，本来就已经很想睡了，真是好煎熬呀！古人的这种学习方式真是太不可思议了！哦买尬哦买尬！

明天要复习的进度内容。

在我的观察下，堪布为了照顾到全班程度参差不同的学生，会从简单的问题开始，一直问到最难的。但是，全班一两百位同学能跟堪布对辩到最后的没有几位。你可以把这堂课视作辩经课，而且这也是唯一可以在课堂上正式一对一挑战堪布的机会。有时候，堪布听到很搞笑、莫名其妙的答案时，就会用哭笑不得的语气回话说："吉卡若！"堪布说，他的成就感就是来自于这个过程。我想，这应该是全天下教师的共同感受吧！

就如同知名的餐馆之所以出名，是因为只专卖一两样招牌菜，而不会卖其他杂七杂八的俗菜。这里的教育也是这样，每天就是一堂主课，一天才上五页左右的进度，却花上两三堂复习课来反复学习。复习课安排得很有巧思。当天傍晚的复习课是复习早上主课的内容，隔天早上六点除了快速复习一次，还外加半小时的交互式辩经教学。也就是说，在上午上正课之前，大家就有了两次演练习题的机会，以便接受堪布的现场提问。

我很好奇地请教堪布，为何会有这样前卫且有意义的教学方式？堪布大概是这样说的："我以前当学生时，每次都还没听懂，堪布就一路教下去了，所以只能靠自己利用课余时间请教。我认为听一次肯定懂不了，因为内容太难了，所以我就想要我的学生多听几次！"就是这样单纯的利他想法，堪布才旦决定改良传统教育的不足。如此以学生为本的人文教学理念，真是值得现代教育多多仿效与省思。

▲堪布会不定期巡房，是学生最害怕的时候。他们害怕的不是会被罚，而是万一被发现贪玩，就会在师父心中留下不好的印象。

▲这里没有课桌椅与黑板，大家都是抱着这种书架来上课，感觉真像大侠手中的一把大刀。这种行动书桌很方便，在哪里坐下，哪里就是书桌。只是因为得摆在大腿上，低着头看书很容易打瞌睡。

"无期屠心"的牢房

宗萨学院的教育是没有尽头、没有固定进度的，虽然会有多次复习的时间，但是因为《五部大论》的内文太深奥广大了，要精通单一课程恐怕不是一两年的事。昨天的问题都没搞懂，今天的问题又一堆，累积越来越多的难题，变得很自卑、没有成就感，我每次都为此而担忧。

堪布笑我说："你的问题是所有新生都会问的问题。不用担心，因为这里的课程是每半年或几个月就会重新上一次，你不用急着想一口气听懂每天的进度，只要每天进步一点点就可以了。如果你只是想急着听完一次课程，就认为自己已经懂了的话，那才是最笨的。"因此，你是在跟自己比赛，考零分也好、一百分也罢，没有人会逼你。话虽如此，像我这样已经习惯填鸭式教育、很被动的人，一下子真的很难适应，早晚一共七小时左右的自修时间真的很难熬，心一直往外飞。

每当自习课时，只要堪布或铁棒喇嘛刚巡视完离开，隔壁来自玉树的喇嘛南加总是会偷偷在念课本念到一半时，突然改唱几首解闷的歌，如"我爱你，爱着你，就像老鼠爱大米……"等流行口水歌，但是在我听起来好像是在唱《绿岛小夜曲》一样苦中作乐。南加会边唱边敲一敲我这边的墙说："原人，你在睡觉吗？""原人，你在想台湾吗？"

堪布才旦偶尔经过时会顺便开窗来看我，我每次都不好意思地起身回他的话。他看着我时都觉得很纳闷，像我这样在都市住惯了的人，怎会习惯这种生活呢？我们常常站在窗口一聊就是半小时，感觉很像父母来探监一样，问候我在这边吃了什么苦、习不习惯。我说，我们这些犯人都是自愿入此狱的，接受这"无期屠心"的教育，希望能从学问中领悟到一点点自由。

堪布听到我这样想，不禁笑我说："你们这些花花世界来的人，无论到哪儿都觉得自己不自由。我在这样的小房间住了一辈子，我认为这里才是最自由的地方，窗外的世界才是不自由的。"看来，我似乎还没有真正领会到自由的意义。

▼外面的世界很精彩，外面的世界很无奈，当你觉得外面的世界很精彩，我会在这里衷心地祝福你。

外面的世界很精彩，外面的世界很无奈，当你觉得外面的世界很无奈，我还在这里耐心地等着你。

每当我看着窗外开始飘着大雪，总是会想起《外面的世界》这首歌，思索着为什么堪布说的自由在窗内，而不是在窗外？

第11话
辩经杀很大！
喇嘛不让你睡的高潮事：辩经

关于喇嘛每天"不让你睡"的高潮事……

▲辩经的动作，举起上扬的左手说，这样代表提起正见，像般若智慧一样。然后再把右手向下击掌说，这样代表降伏邪见，像文殊菩萨的智慧之剑一样。

我的第一次辩经

2004年8月，我第一次进到宗萨学院来体验生活，虽然参与了各式各样的课程活动，但是当时我根本听不懂藏语，到了辩经时更是如同鸭子听雷，一头雾水。还好当时有位稍微懂汉语的喇嘛扎西跟我同一组，一开口就用汉语问："你懂辩经吗？"我说："不懂！但是我可以试试看！"刺激紧张的辩经就这样开始了。

请问："天空是蓝色的，那蓝色是不是一定都是天空？""先有儿子还是先有爸爸？""这根柱子是不是昨天的柱子？"原来类似这样的哲学与逻辑问答，就是辩经的基本内容。当然，实际上，还得配合比较深奥的佛法术语与理论。其实辩经并不难，所用的术语差不多跟篮球、棒球的一样多，一天左右就可学会，难就难在攻防之间相当猛烈迅速（问与答都是两三秒之间），所以脑筋要转得够快！

宗萨学院在堪布才旦上任之前，和一般传统的西藏佛学院体制一样，并没有太强调辩经的课程，几天辩一次，时间不长且可有可无。后来堪布才制定早晚各一堂，而且辩经的组合多样化，有一对多、高年级对低年级等各式各样可能的组合配对，越来越热烈的辩经掌声就像炒菜一样，逐年把学院的学风炒热起来。

就像电影《少林足球》的片尾情节一样，满街都是习武之人，随便一位上班女郎也懂少林功夫，宗萨学院的情况也是如此。逛街、买菜、打水、上厕所等各种生活场合，都有喇嘛在随口辩经。无论是讨论功课，还是玩笑聊天，辩经的文化无所不在。

我可不可以不学辩经

在我们的现代教育里，可能认为辩经应该就像辩论社团一样，只是训练口才的一种方式，并非人人都得学，有些藏族人好像也有这样的疑虑。

2006年，有一位从外地来的苯波教学生来就读。他入学时就私下请教堪布才旦："堪布，我可不可以不参

▶堪布彭措朗加（坐者）还在学生时期时，在老堪布面前示范辩经。辩经时，站着的是提问题的人，坐着的是答题者。通常是站着提问题的人比较伤脑筋，因为你的脑海里要先预设好很多套问答方案，好让坐者逃不出你的"谜网"。

加每天的辩经课程？"他说："因为我是学苯波传承的，我们学的跟你们的不太一样，我学了这些辩论之后，回到我们那儿是用不到的！"

堪布的回答是："不辩的话，每天就背不好书。辩经的目的就是要你背出并应用所学的内容。再说，你也可以利用每天辩经的时间来学习各地的藏语方言，这样也有助于课前课后的交流学习，所以不能不参加！"我心想，以前念了十几年的书，也没受过这样的口才训练，难道我就白学了吗？后来才发现，在这里学习，有没有学辩经，功力真的差很大！

乐很大的一刻！

传统的藏地寺院教育不太注重纸笔等书面训练，而是较强调听闻与答辩，不像我们做笔记或报告。一天七小时的自习课，也是加强朗读与背诵的能力，这样的学习方式很容易消化不良。而辩经课程就是这样的关键出口，特别是在传统的藏地，没有什么娱乐活动，一天当中只有辩经时间，学生们才可以轻松地互相讨论课业，也算是活动一下筋骨，成了一天下来唯一的体育课，也是大家最开心的时刻。

到底有多开心呢？我实在不太好意思用"高潮"两字来形容喇嘛的辩经快感，但确实如此！有点类似欢唱了几小时的卡拉OK后，整个脑袋麻麻、热热的一样。辩完经后，脑袋还一直回荡着刚才的

▶辩经课程相当多元，而且不限于课堂上，下课聊天、课堂讨论时都能PK。上课时堪布们也会亲自在旁指导，学生甚至可以直接找堪布们单挑，场面既火爆又欢乐。堪布说，只要一天没辩经，就感觉今天没快乐过一样。

问题，有时候想半天还想不出破题的方式，根本睡不着！

在学院里，没有人敢说自己是精通辩经的，因为同样水平的高手学生也很多。一旦堪布发现你太傲慢了，就会在现场直接挑战你，教训你一下。大家表面上在斗嘴，但无论是输是赢，一场辩经下来，对彼此甚至是观战者都有一定的新领悟。至于其他的喇嘛学生是怎么看待我的呢？他们一定认为我什么都不懂吧？后来，我决定要测试一下自己的辩经程度。

"兔角"风暴

刚到学院后几个月的某一天，一位外号叫济公的喇嘛跟我辩："请问兔子的角是不是不存在？"我说："为何？"（就是否认之意）他说："是佛陀所说之故！"我还没接话，济公学长二话不说就拍了掌说："哦——刹！"（刹的意思为"丢脸"，代表答错的意思）我说："其他地方可能会有。"学长很纳闷地要我解释，拿出证据来！当时我手边刚好有这样的图片，可以预料到的风暴即将开始。

龟毛、兔角与空中之花，这些在佛经上是比喻虚无、不存在的意思，常常会在辩经时作为比喻之用。对此，我就很有意见，因为有些东西不一定是完全不存在的。像兔角，我就曾在网络上见过美国有相关报道，各地多多少少都有如此基因突变的长角兔子，我便把其中几张没造假的照片存到MP4里。

当我又被问到兔角问题时，便偷偷从怀里秀出MP4所播放的兔角照片给对方看。他们当场的反应是傻眼，加上打死不承认这是真的！他们问，这（有角兔）在哪里？我说是美国。后来这消息传遍了整个学院，大家再辩经便有了新话题，问："兔角是虚无的吗？"开始有人回答："在美国有一只！"有的小喇嘛更可爱，直接回答说："有！在那个'架'（汉人）的MP4里面有一只！"

我问了一个他们应该不会答错的问题："请问，这里没有的事物，在其他地方是不是也一定没有？"结果还是有很多喇嘛赞成这个站不住脚的观点。有些

▼每年都会有几次纪念日，晚上会举办辩经大会，整个学院点满了祈愿的酥油灯。

人甚至直接拿佛陀来当靠山，反驳说："兔角是
释迦牟尼佛亲口说没有的！你敢否定佛陀所说的
话吗？"

同时也有人说："有兔角的那些是例外，并不
能代表普遍性的存在。"于是我又问："例外的东
西不能存在吗？那天生少了一条腿的人，就不能算
是人了吗？"辩到后来，你会发现，很多事物都是
没有绝对的。

堪布说："佛家认为外面的事物是虚有无常
的，因此任何事物都有可能发生，只要因缘具足
了，没有的也会变成有的。"只是在传统藏族人的
心中，理论和现实生活无法一致的情况还是不少。

雪域之外的大世界

"兔角"风暴那阵子，我还一边辩经一边解
释了现代的医疗与生物科技技术。我介绍了隆乳、
隆鼻，甚至比着男女的重要部位，做出"切！切！
切！"的动作说："外面的医生可以让男人变女
人、女人变男人。"一堆围观的喇嘛既害羞又狂
笑，医学与科技的发达已经超乎藏族人的想象，大
家都感到十分不可思议。

对传统藏族而言，会有以上的误会，是因为多
数人这辈子几乎没离开过家乡，但是照目前的发展
来看，他们很快就会吸收这些新文化知识。只是在

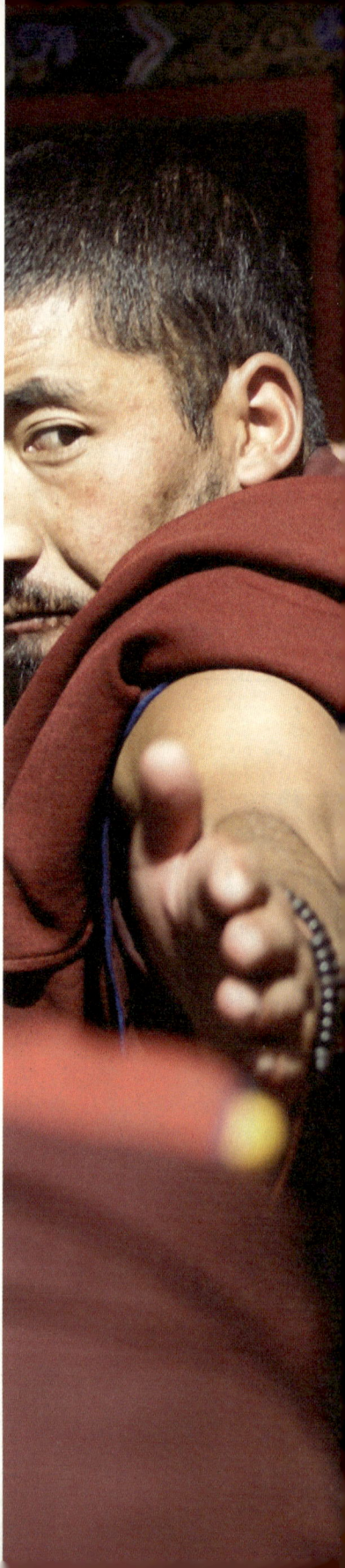

知道了这些变种动物、手机、电脑后，对他们的辩经或修行会有帮助吗？我虽然懂得外面现代化世界的信息，但是我并没有比较聪明呀！我不禁心想：佛陀当初只坐在一棵菩提树下，哪里都没去，为何就能领悟了超越全世界万物的道理？

　　"我们的心在哪里？为什么有因果无常？为什么有轮回？"很多问题的答案是谷歌、雅虎或百度没办法查到的。晚上我偶尔会因为思索这些问题而睡不着，满心期待这些生命谜团终会有解开的一天。

第12话
满院尽带MP 543
心有余而力不足的科技冲突

从笨重的卡式录音机，到最新的电脑、手机与MP5影音播放器，藏族人要如何面对迅雷不及掩耳的科技文明？

▶洛热老师看过我的成绩单，既惊喜又满意，但感觉那好像是"一笑置之"的表情。

2009年1月是我第一次参加学院的考试，虽说我已经有了一定的藏文基础，但是要面对全藏文的考试，难免会紧张。还好学院有印制考古题给大家参考，这一学期的考古题范围共有一百多题（都是简答与申论）。于是，我便在一个多月前就开始准备，每天抽空到堪布那里请教考古题的答案，然后拿笔记本把书里的答案连同问题一起整理好。考试前一周是自习周，这段时间内要背熟这些内容其实足够了，我只要全心去死背就是了！

前六名有什么奖励呢？很简单——一两百元奖学金，还有堪布会在课堂上赐予你一条白哈达。考完后，我认为自己应该考得不错。在还没公布成绩之前，大家都会在课余时互问成绩，然后就会到处比大拇指告诉对方："切'盎懂波'惹！"意思是"你是第一名！"结果成绩公布后，我考了九十五分！先前有一位汉族学长考了七十多分，所以就以非藏族人的首次考试成绩而言，我的确是该院史上第一名。但是我心里很清楚，这只是死背的成绩。最后我虽然没有挤进前三名，但好友们还是很给我面子，一直夸我"盎懂波"。堪布彭措朗加也对我说："汉族学生初次能考这样，不只是'不错'而已，而是'真的非常不错'！"堪布才旦说："这些成绩仅供参考，'闻思修'不能光靠死背，最重要的还是平日课堂上的理解、辩经课的实力，当然还有佛法的内在修持。"

此外，据了解，学院里功课最好的，通常不是具有活佛身份的学生，而是家境比较清贫的学生——这好像是世界共同的现象。他们没多余的钱去买MP3与电脑，也从不缺课，而且一定都善于辩经。总之，学院的考试答案不是写在纸上，而是在全校三四百人的身上，每向对方挖一点就多赚一分。看来，我的"盎懂波"之路还真是遥遥无期呢！

数字产品从MP3、MP4到MP5，从手机到数码相机，这些"543"（台语随便之意）的吉卡若之事，躲藏在整个学院深处。喇嘛要面对的诱惑与挑战，不再只是佛堂内的事。

一切从金巴喇嘛带进来的电脑说起

十几年前，一位名为金巴的台湾喇嘛，通过噶布老师的引荐来到宗萨寺。当时他也带了台电脑来，这对当时的藏地寺院来说是相当前卫的事。但是年纪颇大的洛热老师并没有被这新奇的玩意儿给困惑住，反而很有远见地和金巴喇嘛一起研发藏文排版软件，使宗萨学院慢慢成为康巴地区最重要的藏文数字化权威机构。然而这开创性背后的使命感，并没有多少藏族人能领悟。

2004年我刚来宗萨时，学院的电脑教室只有三四台Windows 95系统的电脑。后来随着藏文典籍的录入工作量越来越大，院方不得不申请经费来添购新设备。电脑教室便从一间破房改建成一栋全新二层楼的钢筋水泥屋，而宗萨藏医院也有一个女子电脑班。

学院的电脑班学生多半都是从学院辍学来的，不太喜欢念书，但是头脑特别聪明。堪布希望他们能留下来学一技之长，还帮他们特别开设藏文文法课程。但是这些顽皮的喇嘛所制造的麻烦，一天比一天多。

从Windows 95到Windows "caiban"？

有一年暑假，我忙着整顿电脑教室的资源。电脑班学生找我修很多台电脑，其中难免有不少"古董型"的机种，只能装旧Windows 98或2000的系统，但是现在到哪儿去找这么古老的版本光盘呢？我便对他们开玩笑说："这台笔记型电脑只能装Windows caiban系统！""什么是Windows caiban？"我比出切菜的动作说："就是'菜板'！这台没救了，只能带回家切菜用！"他们一听都笑翻了。

后来，笔记本电脑在宗萨学院的代名词就成了"菜板"。学生私藏电脑是违反校规的，因而菜板就成了内行的术语——"你那里有没有'菜板'？借一下！"有一次，我被同学请到他的房间。他偷偷摸摸地锁上门后，打开摆置煤气炉的木柜门，"哇！怎么有电脑？"做菜的地方居然是笔记本电脑的"包厢"！因此，我就坐在厨房修电脑。

除了电脑，学院也开始兴起购买MP3的风潮。差不多在2006年时开始有人引进，但是知道怎么用的人并不多。2007年时，基本上每二十至三十位学生中就有一台。MP3都是人民币一百元左右那种山寨版的，有需求就有商机，街上的几家商店也开始进货。

▲随着科技影音的引进，一些年轻的喇嘛在书架里放的照片不再只是佛菩萨像。有时候，我都会故意跟他们开玩笑说：原来你修的是"火影忍者"呀！

▲金巴喇嘛正在向土登尼玛活佛介绍宗萨学院自行研发的藏文排版软件。这些技术已经为整个藏地用数字化方式保存了许多珍贵的藏文佛典资料，甚至可以说这是一项名留青史的伟大工程。

第一波购买潮的主要用途是拿来上课录音用。在这之前，大家都是用"磁带机"（卡式录音机）来录音，上课时就人手一台，提到教室去，上课期间就一直听到换带的声音。但是磁带很占空间，等念完十年毕业，可能要一卡车才能运得走。由于MP3体型小，又可以不断录音，所以很多喇嘛都急着想升级。

但是高科技的东西一到他们手上，就变成换汤不换药的事。很多学生不晓得该怎么存盘，所以每次记忆容量满了之后就全部删掉。再加上学生距离老师的位置很远，会穿插有咳嗽、聊天甚至打瞌睡的呼声等噪声。因此，他们所录下的档案残破不堪，那些珍贵的课堂录音文献资料就无法妥善保存了。

MP3，MP4，哪来的MP5？

既然电脑和MP3已经开始入主藏地，一场信息大战即将开始，首当其冲的就是我！每次下课时间，我走在路上时，都会被人绑架拉走！

我被拉到同学房内，锁上门，然后同学就会偷偷摸摸地从衣服里慢慢掏出东西——不只是MP3，还有手机、MP4和数码相机都已经加入战局，后来还出现了MP5。我说，哪有"MP5"这种电脑格式？原来是大陆商家新推出的支持全格式的多媒体机，以"MP5"代称，可见同学们还是不懂格式的差异。

"哇！SONY的！三星的！NIKON，NOKIA……"，他们拿出来的电子产品一台比一台高档（这些学生真是越来越有钱了）。问题来了，他们看不懂接口上面的汉字。我的手在这种情况下，摸过无数台数码产品，却没有一台是我的，就像在银行金库上班的人一样无奈。尤其是在修手机（属违禁品）时，因为不能被其他人发现，又很怕误触陌生的操作接口而发出铃声，同时还要猜原厂密码，感觉像是在拆解炸弹。

在如此"生死攸关"的紧张气氛下，我不禁回想起当年堪布要我来学院念书的理由。2006年堪布劝我入学时，跟我保证说："没有人会找你修电脑、手机、MP3那些东西。"这句话在当时的时空环境下是毋庸置疑的，时至今日，就连堪布自己也没料到这波风暴的影响会如此之大，虽然外面的藏族人没办法找我修了，但是学院内的情况反而更多！感觉业力如影随形，走到哪儿都摆脱不了。

当信仰出现BUG

▼电脑班的生活既简单又轻松，整天就是打藏文与校对、排版，还可一边吃喝、听音乐。但是学生们很聪明，堪布一离开教室后，很多人就会偷看电影或连续剧。由于电脑技能在藏地是很吃香的谋生手段，因此每年都有一两位辛苦栽培的电脑小老师跳槽离开了。

有一次当地发生大停电，除了手机的基地台有备用电之外，市内电话都断电了。那天下午，堪布才旦有急事需要联络印经书的印刷厂，因为有几个错误需要改正，若当时不立刻修正，书印出来就来不及了。堪布到处去借电话，结果借到天黑了，竟没有任何学生愿意借他手机，大家都装傻说没有！

因为手机在学院属于违禁品，被查到除了没收并当场砸烂外，还会没收学期末的零用金，还要加上铁棒喇嘛的责打。因此，纵使大家视堪布讲师如同活佛，但当

▲洛热老师不服老，很用心地学电脑。他每次遇到不懂的地方，总是要金巴喇嘛或我亲自教他一次，然后他再去教他的儿女们与藏医院的女子电脑班的学生们。

▲学院的附属商店已经可以代购各类电子产品，但是手机和电脑仍禁止贩卖给学院学生。

他有难时，居然没有学生敢主动拿出违禁品来证明自己对师父的信仰。

MP3与MP4因为具备录音功能，所以并没有禁用。很多学生会想办法下载一些音乐与电影，当然他们一定会找技术最好的我。他们很聪明地跑去委托跟我很熟的学长来求我帮忙，人情压力之下很难拒绝。堪布知情后，理直气壮地骂我说："那我跟你熟不熟？你到底听谁的？你应该听谁的？"

于是我慢慢试着拒绝了，但是没想到魔爪最终伸向了电脑班学生。他们开始偷偷做起盗卖影音档案的生意，从一次五元涨到三十元以上。因为这样胡乱分享档案，公用电脑中毒的情况越来越频繁。

我心想：我义务帮学院维修电脑，他们却公器私用地来赚钱？我一状告到堪布那里，才发现原来堪布早就知情。他说，因为电脑班学生没什么工钱，所以他们把这些下载服务赚的钱合资起来分酬劳用。堪布说，这没办法防范，只是让我受委屈了，他感到很抱歉。

当地曾经有三位藏族人向我学习简易的绘图与影音剪辑技术，他们学成后便自行制作与贩卖DVD影片，之后就有越来越多的人想来学。虽然喇嘛是佛教修行人的身份，但是并非人人一开始就有正确动机，在他们无法辨识这些过患与诱惑之前，至少我有义务去避免这些悲剧的发生。

怪兽不在电力公司？

有了电，大家就会用电器用品，因为有MP3、MP4和相机需要存档，所以他们就会想买电脑。现在各地区的网络又通了，越来越多的藏族人想学习如何上网。堪布便无奈地说："大概再过几年，学院旁边就会有人开网吧了吧？"我说："是呀！喇嘛要上'天堂'（某知名在线游戏）了。"

这里自2005年底开始通电，但是学校因为变压器不够大，电力不足，因此除了各房一个线路已固定的灯具之外，仍禁止私接插座与使用电器，但大家还是偷偷接了。对此，堪布认为如果开放用电，就是明摆着要大家多买电器、电脑用品，但若不开放，又会让他们犯了佛法戒律的盗罪。最后，寺院管理委员会决定未来要新增变压器，改电表收费制，一来是配合以电炉取代危险的煤气炉，二来是这样才不会让学院因为学生偷电而亏钱，因为用电是无法避免的，总是要有配套措施。

因此，整个问题不在电，大家心中那头科技怪兽也

▼下课时间，学生们最喜欢到学院附设的商店里看电视。

不是来自于电力公司。堪布一直开玩笑说："要享受这些高科技服务，所付出的代价实在太大太大太大了！"他感慨地说："在寺院都忙成这样了，更何况是住在都市里的人们！有手机，耳朵就忙；有电视看，眼睛就停不下来……"他很希望大家可以回归到十几年前夜夜烛光的单纯环境，与世隔绝。但是如果这样做，反而会让迟早得踏入外面世界的喇嘛学生变成温室的花朵，不堪一击。

虽然上述讲了一些唯恐天下不乱的憾事，但学院里的中高年级学长们还是相当自律，偷偷找我修理电器用品的只有少数三五位。而担任讲师与覆讲师的喇嘛因课业繁重，可以说根本没来找过我，算是很令人欣慰的事。

洛热老师与堪布才旦的电脑里，从来就没有那些与娱乐相关的影音图文档案。他们的电脑都是我修的，任何档案皆无法逃过我的眼睛。我教他们上网、搜寻与下载等技术，但是这几年来，他们的电脑永远是干干净净的。除了行政与佛教用的影音档案外，根本没有任何吉卡若的内容。

但这些藏文数字化的工作只靠堪布他们两三人是很难办成的，宗萨电脑班目前严重缺乏无私奉献的人。而目前院方有一些比较急迫的文献保存工作，再不做就来不及了。

再不做就会后悔的事

我刚入学的那一学期做了件大事，就是把堪布才旦的讲课内容完整录存下来。寺院出资买了质量较好的数字录音笔，请堪布每天在自己的讲课座位上零距离录音，然后我把课本的复杂目录制成电脑表格，精准地记录每堂课的录音内容。这应该算是该院历史上第一套最完整也是最清晰的录音课程档案，我的计划是将学院十年的课程都完整地录制保存下来。

佛典可以慢慢翻译，但有些喇嘛大师亲自讲授的佛法开示与课程是有时间限制的。人才一位又一位地逝去，师资水平一年比一年下降，再加上目前环境如此不稳定，珍贵的人文资源很容易稍纵即逝。今天不做，明天就会后悔，可以说是刻不容缓。我们这些外人抱着"皇帝不急，急死太监"的心情，协助他们抢救这些已经快消失的资产。学院的院长堪布彭措朗加也多次为此担忧，怕这些事严重干扰我与喇嘛们的学习，我自己也觉得心有余而力不足。目前像云端运算与电子书等颠覆人类生活的发明，已慢慢袭卷而来。当科技越来越便利时，我们的学习是否能更有效率呢？

佛陀时代的教育是不动纸笔，只依靠口耳相传，根本没有这些录音机等辅助设备，但是任何一位弟子所能背诵的经文可能是我们的千百倍。现在我们虽然拥有比他们先进千百倍的仪器，但智能与他们相比，却望尘莫及，不是吗？

第13话

活佛也怕的铁棒喇嘛

打是慈悲、骂是智慧的体罚教育

打是慈悲，骂是智慧，
喇嘛的体罚教育跟你想的不一样。

这是最难下笔的一篇，因为跟藏地教育的"体罚"制度有关，你很难在书上或网络上找到类似的纪实图文，因为寺方通常会要求不准拍摄任何跟铁棒喇嘛打人相关的照片与影像，避免传播到外人手中，造成外人对藏族"人权"的过度误解。如果你看过宗萨仁波切的电影《高山上的世界杯》，一定对铁棒喇嘛印象深刻：外表黝黑，长相既凶狠又高大，很会责骂人！只不过，藏地传统寺院的铁棒喇嘛可不是那样只动口不动手的。

咻——咻！啪啪啪！牛皮流星鞭锤

铁棒喇嘛在寺院制度的历史悠久，比较常被称呼为"格贵"。他们并不是管理寺院财务、法务的管家，而是专管佛门纪律的。在德格地区的藏语就称为"曲臣"，字面意思是法规，因常随身携带铁杖而得名。但宗萨学院这里不是持铁棒，而是皮鞭！

不论是铁棒还是鞭子，各地寺院的外形不尽相同，但大同小异。以宗萨寺与学院为例，这里是用纯牛皮编织成如掌心般大小的三颗球所制成的，球的尾端留有数十条皮束，全长一点五至二米，所以造型算是流星锤还是鞭子呢？或者是"流星鞭锤"呢？被这种东西打到，会有种被锤又同时被鞭的感觉，痛感三四天才会消除。

这个鞭锤平时就配挂在铁棒喇嘛的右腰间，一抽即可取出。铁棒喇嘛会握住三分之一处，然后向上空抛转，有点像西部牛仔用绳子套牛的动作一样，"咻、咻、咻——"的声音传遍空气中，然后"啪"的一声往喇嘛的背肩上击下！轻则一击，重则三至七下不等。很痛吧？但这算是很轻了，因为还有其他地方的学院是每次打三五十下的，且鞭锤比这更大！任何触及聊天、玩乐、睡觉等懒散玩乐之事，都会挨打。

通常住持或堪布并不会在现场干预责打过程，而是完全信任且授权，打错人也好，打过多也罢，现场的秩序全权交由铁棒喇嘛负责，所以不管你是地位

▲据说这是藏地护法神亲自加持过的鞭锤，通过责打的方式可以轻易地消除恶业。

多高的活佛还是普通小喇嘛，低年级还是最高年级，在校生或旁听生，通通都是被打的对象。所以，铁棒喇嘛可以说拥有一人之下、万人之上的权威。

铁棒喇嘛在监督正课时，都是坐在靠近门口的位置，除非有抓到行为太过的"现行犯"，才会立即起座去责打，否则一般情况都是先默记黑名单。在课堂上，他会稍微转头或用余光去观察谁在偷偷犯规。睡觉的、偷聊天的、玩东西的，一律先默记，当他觉得已经记够了，就会起身一一算账。常常是一边巡走一边打，走到哪儿一认出你来就打！

这时候就算是在进行课程或法事活动，也完全不受影响，斥责的声音并不会刻意压低。堪布讲师们永远都是老神在在地讲课，背景就是"咻咻咻——噼里啪啦"的声音。有几次是大家课前正在念《心经》的时候，口中刚好念着"心无挂碍"，做贼心虚的学生便用余光偷瞟铁棒喇嘛有没有朝自己走过来。

有一次，堪布在经堂上公告期末考以及考后的假期安排事宜，很多喇嘛听到这儿就乐歪了，因为终于快放假了，但是又不能交头接耳来聊天。之后突然有人咳嗽了一声，顽皮的喇嘛也跟着咳了一声，用来表达暗爽的心情，然后大家就这样"以咳会意"，整个殿堂此起彼落都是咳嗽声。

这时，耳尖的铁棒喇嘛们马上当头棒喝一句："咳什么咳！吉卡若！"接着马上就动身，鞭子一鞭一鞭地往他们身上抽下去！因此这里没有所谓的法律漏洞，只要他们感觉到你在鬼混、投机取巧，通通可以打了再说！相对的，如果是有冤情、误触校规的，也会予以宽容，完全是以心来执法。所以，铁棒喇嘛的品德操守非常重要，须堪布绝对信任，否则无法胜任。

但是基于礼貌，他们不打客人与外人。我每次

▼这张照片我刚拍完没三秒，那位铁棒喇嘛就马上过去打人，所以那眼神杀气很大。

中午下课时跟堪布聊天，说到今天有多少人被打时，他的第一个反应总是问我："那你被打了没？"至于堪布是希望我被打，还是不希望破例，就不得而知了。

佛教中有一道修行法门叫"忍辱"，就是坦然承受一切让你痛苦的事。在学院里，常常有很多机会教育来练习此法门，被打时不能发出任何叫声，或不痛不痒时也不能现场偷笑，否则会被认为不知耻，反而下场更惨。铁棒喇嘛也有错打的时候，如果你是被冤枉的，纵使再委屈，也不能当面顶嘴或反抗，这也是违规的行为。

每年，堪布会不定期地当众开示学院的规矩，要大家欢喜学、甘愿受。既然来到这所学校，就不要去想惩罚的轻重，无法接受者可自行离开（退学不需要办手续，跟堪布说一声就可以走人）。因此，大家心里都必须先认同这个严规。

学院的奖惩制度当然不是只有铁棒喇嘛责打的方式而已。若请事假（包含课间如厕也算），下午晚课时间就得在大家面前"磕头"（礼佛）忏悔十来分钟。这里完全没有任何假单或纸笔登记，只须跟铁棒喇嘛通报一声即可。除此之外，还有五元至二十元不等的请假罚款。

如果是犯规，如迟到、早退、无故缺席等，就得在众目睽睽之下，自己提早十分钟站出来磕头，另外还得自备十盏酥油灯到佛前燃灯供养。值得一提的是，这些得磕头、点灯的人，必须自动出席。虽然没有人会唱名，但如果铁棒喇嘛发现你装傻没站出来，你就会被打得更惨。这学院的惩罚方式就是这么自主而单纯化，至于奖励、记大功、嘉奖，很抱歉，完全没这回事。若有人做了好事，堪布们会在课堂上口述表扬，但无任何实质的奖励。如果你是佛教徒，就应该知道善业的功德是无价的。

活佛的私人铁棒老师

活佛们在殿堂上的座位被安排在最前排，仅次于堪布席位，但是他们请任何假或犯错，并不用起身磕头忏悔，因为活佛向普通人顶礼（站在门口向大众的方向礼拜），是件有违佛教与藏族伦理的事，所以这是活佛学生在学院内的唯一特权。但是其他的生活规矩就都跟一般学生一样，住一样的房间，一样会被打，而且更丢脸，因为坐的位置就在大堪布正前方，一作怪就非常明显。

活佛来学院念书，通常会有一位"高级伴读书童"，一般称作"亲教师"，终生负责活佛的学问与修为教养，在学院还得协助煮饭、打茶水等生活起居事宜。据我观察，有年长且严格的铁棒老师相随的活佛，通常比较用功，因为外头有铁棒喇嘛管着，房里又有一位。若非如此，小活佛在学院里的身份跟普通喇嘛一样。

发毒誓VS毒打，你选哪一个

我曾经采访过三位分别在印度不同学院留学的汉族喇嘛。他们说，当地的情况比较接近现代人的标准，有罚款、罚站、劳动或煮菜，基本上不会体罚。然而，面对这样两套标准，便出现了一些争议。

色达学院的观点：体罚不是文明的行为，玩乐是佛门最蠢的事

色达五明佛学院位于中国四川甘孜藏族自治州内，是目前世界上软硬件规模最大的藏传佛教学院，最难得的是汉族学生有成千上万人，有全汉语的藏传佛法课程。由于学生人数与宿舍太多，无法像格鲁派那样分"康村"来治理，因此也无法安排铁棒喇嘛来管理。汉族学区的堪布们只好拟定一个办法，他们印了一本《苦口忠言》的学生入学手册，要大家白纸黑字签字，在佛前"发誓"不在学习期间行玩乐等事，如有违反，就是对活佛喇嘛说谎，会有很严重的果报！

我曾经为此请教了两位当地的留学生，他们一致认为：汉人觉得当众被责打太丢脸了，来这边的都是二十几岁的小大人了，有一定的自律能力，不需要像小学生一样来管教，所以大家宁可选择发誓。

堪布才旦的观点：人性常犯的小错误打一打省时间好念书！

很多人可能不知道藏传佛教里的规矩，一旦拜了活佛喇嘛为师，就不能违背师言，否则来世下场会很惨。堪布认为，藏族人的习性喜好户外生活，如果罚劳动服务，他们反而更乐开怀，因为这样一来就可以不用念书与自习了。如果罚钱，又不太公平，因为这院子里的学生家境情况相差甚大，有些人根本不把几十元罚金看在眼里。铁棒喇嘛的鞭打体罚短短几分钟，把犯的错当现世报，马上就消了，不必为了发誓而把犯错的果报留到下辈子或地狱。此外也可用省下的处罚时间逼他们多念书，在时间宝贵的学院生活

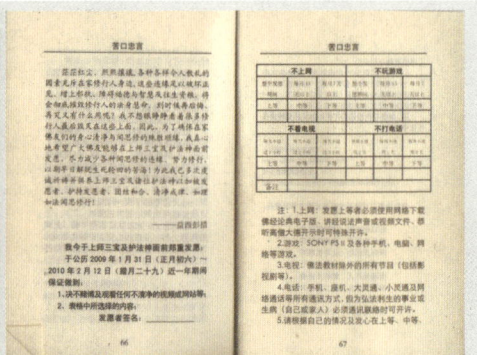

▲请假或犯错的学生，会在晚课共修时间出来礼佛忏悔，速度快慢并不要求，心诚即可。

▲在色达印制的《苦口忠言》里，以纸笔签名发誓的方式，要求无体罚的自律生活。

里，这应该是最有效率的办法。

其实无论是色达还是宗萨的责罚方式，都没有谁对谁错，因为环境与学生情况都不同，我想都是无可厚非的慈悲吧！

今夜，谁来接棒

每年藏历九月二十二日是佛陀天降日，也是每位学生最紧张的一天，因为晚上六七点，谁被传唤到堪布房里，谁就是新任铁棒喇嘛的人选。基本上，堪布会询问对方的意愿，被选中的人虽然可以当场婉拒，但是人选除了要返家或其他因素之外，大多数不敢违命。为了不影响他们的学业，所以任期以一年为限。同学们担心一旦被选上就得留级一年来做事，不能回原班级上课。

我也曾经幻想过自己有没有资格被选为铁棒喇嘛，这个职位需要很强烈而无私的使命感与奉献心，就算犯错的人是你的好友，也得鼓起勇气、大义灭亲地去责打他，这刹那间的慈悲很难言喻。我在宗萨学院的日子里，虽然没有被打过，但是看过无数人被打，不过，并没有任何人抱怨过铁棒喇嘛。铁棒喇嘛是藏族对佛教信仰的无形坚持，打是慈悲，骂是智慧。这杯水或许对人权组织而言是滚烫的，但你得亲自来体验一趟，才能品尝出其中滋味。

若经常鞭打和教训，就是牲畜也会听话；不用驱使而能自悟，就是聪明人的标志。
——《萨迦格言》

第14话

那一夜，老黑门口的地狱

我与堪布之间的飙泪冲突事

房门前，那一步，我跨了好几个小时，哭了整夜。

2007年11月10日，那一夜，我在堪布才旦的房门口无声地哭着。我想跨进那道门，却犹豫了三个小时。

堪布只顾喝着自己的茶，任凭我在地狱门口等待……

10月24日：你这个人怎么越来越胆小了

今天下午自习课时间，我被铁棒喇嘛传唤去大殿。院方添购了几组音响，正在想办法安置在大殿里，堪布才旦也在现场指导。我认为应该放在大殿门口左右两旁的大窗台上，但堪布说这样音响容易被日晒雨淋，然后就直接让学生们把大扬声器悬挂在大殿门口正上方。我急忙劝止说："不！不！这样太危险了！而且在门口空中放大物是很不吉祥的。"

我用了各种专业的理由，力劝堪布打消这个念头。堪布冷不防地回了我一句："你这个人，啥时候变得这么胆小了？"我听了之后心凉了一半，心想：好歹我也当过几年大学的活动干部与会长，不知道布展过多少次，当兵时也是处理全队大小活动的政战士①，你们居然不相信我的能力？

10月25日：没用的东西

今天是学院一年中最盛大的"萨千贡噶宁波"法会。为了拍摄好完整的过程，我以专业的精神先去请示堪布所有的流程内容，以便掌握最精彩的镜头。但是，堪布心情很不好地说："你问那么多做什么？人家到哪儿你就到哪儿！人家坐哪儿你就坐哪儿！"我……，为了大局着想，还是先忍着。

因为晚上有辩经晚会，我灵机一动，想把从台湾带来的荧光棒做成荧光藏文布条，可以挂在晚会现场，一定效果惊人！距离晚会只有一个多小时，我找了喇嘛帮我粘贴，完成后很兴奋地拿去堪布那先请示一番。堪布虽是面露不悦，但仍同意我找地方挂上去。当我找了广场旁的二楼墙边挂上去后，惨剧发

①政战士：军队里负责行政、文宣、娱乐等工作的士兵。

生了！广场灯亮了！往年不是没有布置灯泡吗？怎么今年有？可想而知，荧光布条算是白挂了。喇嘛们看了半天，不禁笑了起来。晚会结束后，堪布又骂了我一句："你净做这些没用的东西干啥！"

10月31日：地狱序曲一——前夜的冲突

明天又有一场大型法会"佛陀天降日"，我还是希望把这场法会记录并保存下来，又去堪布那里问了具体的流程。堪布以极度愤怒的口气骂道："不知道！我不管这些事！去问铁棒喇嘛他们！"然后就要我离开。

我听了这答复不禁十分火大，边走边想：我是好心帮忙，居然还这样！您是学院的一家之主，不知道才怪！我当兵时已经养成事事都提前跟队长或长官报备与汇报的习惯，谁知道这招在藏地根本没用。没关系！我要忍气吞声，这才是敬业的精神。

▼这就是我用荧光棒拼贴成的藏文布条，上头写着"纪念贡噶宁波"。现在回想起来，我还真蠢！

11月1日：地狱序曲二

其一　清晨的讲师离别

上午法会开始前，还有一件大事，就是学院有两位小堪布要被聘请去青海任教。大约早上六点半，车队和全校师生就在门口等了，而我竟完全不知道这件大事！我急忙去堪布那儿，堪布居然还装糊涂说不知道。所有人都在门口排队了，您真的不知道吗？

我是皇帝不急急死太监，然而堪布只是随性地说："好呀！"然后拖了半小时才下楼欢送他们。此时，我心里感觉十分不是滋味，心想：您栽培了十几年的学生就要离开了，居然还这样悠哉！

其二　中午的开战导火线

中午休息时，我毫无保留地告诉堪布昨晚与这阵子一些让我很不开心的事。堪布强颜欢笑地说："这阵子是我最忙的时候，你不该来烦我的！你来了被骂，就是活该！"下午法会开始后，又爆发了一件让我很错愕的事——有三位毕业生突然上前来接受哈达的祝福，而我来不及拍下照片。

中场休息时，我急忙去请求堪布："等一下上课前，可不可以请堪布跟那三位毕业生拍张合照作为纪念呢？"堪布随口便同意了，我很兴奋地告诉铁棒喇嘛把那三位毕业生找来待命。我们就这样站在大殿门口，连厕所都不敢去，为的就是等待十分钟后的拍摄工作，找适合的拍摄角度。

时间到了，大家都在大殿门口静待堪布进场。看到堪布准备进门，我马上冲上前去请示说："是不是可以拍合照了呢？"没料到，堪布竟大声呵斥说："没时间了，拍什么拍！"然后转头就走，全校师生见证了我出糗的惨况。那一瞬间，我差点想干一件事：把堪布的单反相机摔爆！

法会进行没多久，我就先行离开，不想拍了。傍晚天黑时，堪布居然要铁棒喇嘛来找我帮那三位毕业生拍合照。我忍住愤怒的心情，拍了几张已经黑到

不行的合照，边拍边想说：天都已经黑成这样了，拍个
屁呀！活该！堪布完全没察觉到我的心已经碎了。我回
房后，哭了一个晚上。

11月2日：挥泪上山

我煎熬了一个晚上，决定收拾行李，休假期间到洛
热老师家去住，不想再见到堪布了。对我而言，这次事
件加上前阵子的误会，我生起了退转的心，对堪布师父
的虔诚与信心几乎快瓦解了。

"我这么好心想帮学院做事，最后居然沦落到被轻
视、数落的窘态……" "你们藏族人喇嘛面对事情的态

▲ "天都黑了！还拍个鬼毕业照呀！" 我永远
也忘不了这一刻！当时我已经火冒三丈，还要
强颜欢笑拍下这张最黑暗的照片。

▲ 这张照片是堪布真正生气时刚好
拍下的，因为我上楼见他后就被责
骂了……

度都这么消极，还讲什么慈悲心，根本就是木头人教育！""干脆破坏学院所有的电脑，然后拍拍屁股回家乡！"之后几天我都在洛热老师家胡思乱想这些事，一周过去了，堪布也没派人来找我，真是冷漠至极！

11月10日：地狱之夜

我因为有事得回堪布的电脑房取回一些驱动程序，傍晚六点半时，我就偷偷回到堪布那儿，不小心被堪布撞见。他居然若无其事地问我："干啥？"然后转头就离开。当下我实在很火，进了他房门准备跟他摊牌。当时他正在用电脑，说："你去哪儿了？来帮我看看这是不是病毒？"我心里很不服气，想到自己连日来受的委屈，觉得很受伤。我没回堪布的话，只是慢慢退后到门外的柱边上，静静地落泪。

过了半个多小时，堪布走出来要打茶水，撞到躲在黑暗柱脚旁的我，吓了一跳说："喂！你干啥？"原来他完全不知道我一直站在门口，我愤怒地马上转身离开。我独自坐在外头，既想离开，又希望堪布会来找我，心中满是矛盾。结果我呆坐了两小时，一点动静都没有。这下子我是彻底失望了，原来我跟随的是一位麻木的喇嘛师父，一点都无法体会大家的痛苦感受！

11月11日：准备离开宗萨学院

早上我把自己关在房内，隔壁的好友南加来敲门多次，我都没应声。他们觉得情况不对，怀疑我出了意外，便拼命敲门窗，打算破门而入。窗户玻璃被打破后，他们看到我站在窗边。我说我没事，只是心情不好，请他们不要理我。他们就默默地离开了。我在做最后的打算，行李也已打包好了。

我心里盘算着：如果堪布今晚不能解决我心中的疑虑，我就从此离开宗萨，不再回来！于是，我带着谈判的心情去了堪布房门口。堪布见到我，心照不宣地说："来吧！"他应该已经嗅到我的火药味了。

决战！堪布门口的地狱

我在门口迟迟不想踏进去，前半个小时，堪布还很纳闷地呼喊我进去，但我始终不理会。跟昨夜一样，我又站在相同的柱脚下。这个走廊没有开灯，我宛如活生生待在孤独地狱一样。

我的内心正在天人交战，很想骂完人就走，但是内心深处又十分期待堪布能原谅我。我现在就踏在梦想大道的终点站上，进去后只有两个选择：一是留下，二是永远离开这个让自己彻底失望的地方！我就这样枯站了三个小时，始终无法跨出那一步。

三个小时后，堪布放下手上的经书，打破寂静，对我说："你，进来吧！"

我开场第一句话就是："为什么你们喇嘛看到别人的痛苦都没有反应？"堪布说："你应该知道自己的痛苦必须由自己来解决，没有人能帮助你！"我说："我的痛苦是您造成的！"堪布说："那我应该跟你道歉！是我错了！对不起！"堪布说完，便无奈地向我点头。我一听到堪布说这句话，止不住鼻酸，泪水决堤而出，久久无法自已。因为对佛教徒而言，接受活佛师父的道歉是多么造业的事呀！但心中又满是对藏族喇嘛消极心态的疑惑与不解，实在很不甘心！堪布解释说："你应该知道，在这所学校里，没有我没骂过的人，这是很正常的，你不要放在心上。因为这个院子的学生都不会放在心上，所以我骂了之后，也不会去担心他们会不会难过的问题。"

"不是被骂的问题，是您的问题！"积压在我心中的怨气终于倾巢而出。堪布说："那你想说什么，就说吧！进来！坐这儿！"堪布看我又哭着不说话，便客气地说："如果我做错了什么，你想骂我或打我，我都接受。这里就我们两人，你想打想骂就来吧！我会接受的，以后也不会再犯错了！"听见堪布这样无辜的道歉，我真是心如刀割，不骂也难过，骂了之后更想自杀！堪布一直求我说："你有什么建议就直说，对我而言会有很大的帮助。"堪布一直解释，他骂人是大家都习以为常的事，没什么大不了的。

我终于提出了第三个问题："那是因为在大家心中，您是尊贵无比的喇嘛师父，根本没有人敢得罪你！"堪布低着头说："对对……"我继续说："在外面的世界里，不管您有什么活佛、堪布的头衔，都没用！您知道那种学了佛法却用不上的痛苦吗？"堪布说："我明白，但我就是做不到！"我回话说："那你们喇嘛念学院、修法做什么！"堪布说："我早就跟你说过，我不是什么活佛上师，我只是一位普通的喇嘛。当初你求我当你的师父，我也劝你不要！你就是对我期望太高，所以才会导致今天的痛苦！而且我是个脾气很坏的人，无法控制自己的言行。我只是希望能好好管理这院子里的学生，其他的就无能为力了。"我听了之后，马上举出学生偷玩电脑与手机等事，不知反映了多少次，却始终没有解决。

堪布说："我想过，但是真的没办法处理！"我说："您是这院子里最大的人，您都没法了，又有谁有权力改善？"堪布告诉我："当初是我的师父堪布彭措朗加选我这位普通学生当接班人，我这种无能的人接下了这家'百年老店'后，压力实在很大！你是无法明白这位子有多苦的！"

堪布听到我边听边哭，又一直劝我到他身边坐下。我一股脑地告诉了堪布这几天所发生的事，让我有多么难过。堪布说："如果我每次都对你说些安慰、好听的话，你认为对你有好处吗？"接着又说："我相信你做的事，但拍摄毕业照这件事是从来没有过的，我当时很忙，也不知道怎么处理。"

话就这样聊开了，我们又聊到整个教育制度的盲点。堪布只说："我做不到的，并不代表你做不到！我已经老了，未来只能靠你们了！我从不跟学生谈情感或心情方面的事，那是他们自己的修行课业。我只关心他们在这学校一天，就要认真学习一天。将来他们毕业了，也为人师表了，能回头叫我一声老师，我就心满意足了。就算不叫也没关系，我无所谓的！他们去哪儿，做什么事，我从来不会过问，我的能力就只能做到这样。"

我终于又哭又笑地顶嘴说："您怎么跟我爸的脾气一样，倚老卖老，老了就不想改变自己！"聊到最后，我才知道，原来我认为的大事，对堪布而言是最无关紧要的小事。堪布对我说："你应该学会怎么体谅别人，而不是用自己的习惯去要求别人。"

最后，堪布问我说："我们都是凡夫，每个人、每个民族的思想与习惯都不同，一切要随缘，不是吗？随缘……是这个意思吧？要顺应众生而高兴地去做，不是人家要你吃大便，你就勉强去吃！（笑）"

后来堪布知道我生病了，特地拿了一盒补胃肠的藏药，要我进去拿来吃。

为了进门去拿，我才跨越了那道阻碍我一整夜的门槛。我蹲在堪布跟前，恭敬地拿了堪布给的药。那一刻，药还没吃，我明白，心中的病已经被堪布治好了。

回想起来，如果堪布当初没有骂我、不理会我，我就永远不知道自己的内心深处躲着这样高傲的小恶魔。无论堪布是有心还是无意，佛菩萨们还是让我留下来了。

这次事件之后，堪布并没有因为怕我又哭了，所以假装对我客气，反而更像自家小孩一样，该骂的时候就骂。上次被骂，我气了十几天，现在如果我早上被骂，心情不爽，中午之前就会去他面前主动道歉。我们几乎无所不谈，我这才感觉到，什么是心心相印的信任感。

你抓住的是梦想，还是执着

无论是佛教、天主教，还是任何宗教信仰，最大、最无法超越的高墙，就是把所信仰的对象视为最完美的形象，因为这往往得经过重重现实的考验，才得以成真。

知名的电影《跑吧！孩子！》的故事最后，一对家境贫穷的姐弟为了得到一双新鞋，不惜代价去参加比赛而奋斗努力，最后果然得到白白亮亮的新鞋了！但是在回家的路上，他们走到了一处每天必经的泥泞路，心想：没有鞋子的时候，我们知道问题在哪里，现在有了鞋子，我们还知道自己的问题在哪里吗？

那对姐弟得到白鞋，就像我踏上梦土雪域一样。为了捍卫这份得来不易的梦想，不愿任何肮脏与矛盾来污染它，好像只要获得梦想，万物都得听自己的话。殊不知，这是如影随形的执着。如同电影里那条漫漫泥泞路，它从来就不是新增的险路，而是生命中注定会一直存在的历练。

后篇／雪域窗外

窗里窗外进出僧俗之间，
同一杯茶，同一片天空，
出世与入世，
就像飞向净土的一对翅膀，缺一不可。

我 的 雪 域 原 味 生 活

第15话

草原上的Nature High!

不插电的户外休闲生活

谁说成佛之道只在佛堂、课本当中?

▲赤乃彭措正假装要亲他的侄女巴姆。

　　藏族人最喜欢问远方来的朋友:"切呷萨唉越?"(我将藏文的发音直接用汉语同音字来标注了,意思是"你有爱人吗?")

　　赤乃彭措(洛热老师的小儿子)有一次就这样问我,我害羞地回答说:"没有!"

　　他逼问:"少来!一定有!有很多位吧?快说!"

　　"真的没有嘛!"我无奈地说。

　　我情急之下就说:"昂那森间汤借呷萨个!"(意思是:"我爱的是一切众生!")

　　赤乃彭措瞪大眼睛,微笑着比出大拇指说:"说得太棒了!"

　　他虽然知道我在找借口,但还是十分讶异我会说出这么经典的答案。

被藏式热情感动的高中宅男

2004年初访宗萨时，随行的陌生旅客中，有一个高中男生让我印象深刻。他也是第一次来藏地，发现这里没电，没电视，也没电脑，整个人闷到不行，一直急着想回台湾家里继续玩他的游戏，但是他的亲戚不让他这么快走。后来，我们一行人到神山上去露营几天，当时因为路途遥远，所以每人要租借一匹马和马夫，而他的马夫刚好是个年轻的藏族男子。马夫沿路上一直逗着他玩，唱歌跳舞，东跑西跳。等到爬上神山顶上，需要经过一段悬崖险路时，他不敢走过去。那位皮肤黝黑的马夫就紧紧握住他那双有点肥胖的手，对他说："来！我会陪你走的！"

然后，马夫就一步一步带着他走完山路，一起经历那段险程。然后，宅男就这样忘了没有电玩的痛苦，一路笑到最后，离别时还依依不舍。这就是所谓不插电却能乐开怀的Nature High（不假借药物

▲台湾宅男学生和藏男大手拉小手开心同游，抛开都市的暧昧与偏见，回归最原始的感觉。

等人为产品而感到的自然狂悦）！藏族人就是这样，在花花草草、山山水水之间都能开心玩乐。

"月休半日"——没有周休的娱乐

在藏地虽有"星期"的藏文，但生活上不太用到。除非到银行、学校等公家单位办事才需要留意，否则基本上都是以藏历算日期为主。每月有几天是佛菩萨的修行日，或每年的某几天有特定的纪念日。

总之，正因为没有周休两日的概念，所以藏族人多半不是定期休息的，各单位会不成文地规定藏历某日是郊游日，四川话称做"耍坝子"，就是到河边、草地上去野餐。平日，一般中老年人常在工作之前或结束之后，去绕当地的佛塔，殊胜的日子就会去转山或绕寺院，运动兼做功德。

学院每天的休息时间当中，就属午自习前的下课时间最长，虽然仅有四十五分钟左右（要视辩经课何时下课），但这时大部分学生都会到校外河畔边的草地上野餐，去河边洗衣服，或者互相剃头，非常惬意。

学院学生们想放假的心情，绝对不亚于当兵的弟兄等着放假的情况。因为他们只会在藏历每月的十五与三十这两天休假，而且因为早上有"布萨日"（喇嘛们忏悔自省的法会）活动，所以只能休下午几小时。也就是说，一个月两次休假时间加起来不到二十四小时，简直比监狱还严格。

这样短暂的休假时间，他们要怎么玩呀？不可能去外县市参访寺院，也无法去圣地朝拜，因此到校外的河畔野餐便成为首选之举。虽然目前当地已经有了电脑等科技娱乐，但是藏族人似乎不太受影响，草原上的趣味仍是藏族娱乐文化的王道。

住持堪布也都经历过学生时代的心情，所以特地准许他们在特定范围内（公园或是河边对岸的草原上），换上一般的运动服，自由进行各种体育与娱乐活动，冬天时还能到附近的一处天然温泉泡澡。（天然温泉？没错！宗萨真的有很多好地方哦！）

早期因为学院与街上并没有可以洗澡的地方，所以喇嘛们只能在河边洗真正的

"天浴"。他们当然不会全裸，而会穿一条四角裤或裙子来干洗。他们会找有矮树遮掩的地方，冰凉的河水来自雪山，所以应该算是养颜护肤的天水吧！后来学院旁边的招待所建了一处公共浴室，洗一次热水澡五元，喇嘛们就可以比较轻松自在地洗澡了。

年度康谢"夏嬉节"

"夏嬉节"在当地的藏语念成"呀细"（康巴音）或"呀季"（玉树音），意为"夏宴"。通常藏族人会找块草原，搭帐篷，然后举办各式各样"无目的"的纯欢乐活动。各地举办活动的时间都不一样，宗萨寺的夏嬉节安排在七月底的最后一周，而康谢学院通常在每年藏历四月二十五到五月初一（大约公历六月中旬）之间举行。

无论是寺院还是学院的夏嬉活动，每天都会安排演出节目。届时整个麦宿地区的村民都会来此聚会，德格县城的乡亲父老们甚至会搭车前来捧场同乐。

每天晚上的晚会表演是最精彩的，会场是一顶超大的藏式帐篷，由大大小小的喇嘛亲自变装演出各式各样的藏族主题戏剧，都是即兴编排剧本与设计剧装，衣服与器材都是临时向乡民们借来的。学院方面则是由各年级自备活动，晚会时大家都会不顾形象地忘情演出，《济公》和《西游记》都是常见题材，只不过是全藏语版本。大家同乐的欢呼声回荡于整个天空，从校内宿舍到山上的寺院都可以清楚地听到。

◀藏族人的笑点很低，各地的平日耍坝子或大型庆典，一些简单的表演活动如唱歌、赛马，比比谁的力气大（抱石头，二人拔河），就能让他们笑半天。

宗萨学院虽然是所戒律严格的学校，但学生们除了很会念书，相对的也很会享乐。堪布说："无论是休假玩乐还是上课自习，有没有收获都看你自己。"

大家挥挥手，一起改变历史的镜头

夏嬉假期有个重头戏就是拍大合照，因为过些日子就是学期末了，在暑假时很多人可能因毕业或肄业而各奔东西。最主要的是因为只有在这个时候，大家才敢请活佛、堪布们一起来合影纪念。但是此时我察觉到他们个个表情严肃，发现要让这些喇嘛高举双手、high起来拍张欢乐的合照，可是件难事！

传统的藏族喇嘛每次跟活佛、仁波切这些大师父合影时，基于虔诚与恭敬心，根本就不敢轻举妄动，头都是低低的，就像做错事的小孩一样眼睛瞪着前方，身体紧绷，因此每张照片看起来都大同小异。

"大家举起手来！"我站在前面一张木桌上指手画脚说："来来来！大家把手动起来！"只见每个喇嘛都左顾右盼，觉得这样做很尴尬。我不放弃地继续怂恿他们："快乐一点嘛！大家比个胜利的手势吧！来！像我这样子比……"每位喇嘛还是抱持观望态度，左顾右盼。

后来堪布才旦不忍心让我冷场，就带头喊话并举起手挥了起来！哇！他这个小小的举动，可真是

▶我为他们拍下了一系列打破传统保守表情与动作的欢乐大合照。

跨出了该院史上的一大步！要让藏地传统且尊贵的喇嘛上师这样挥手，可是不简单且不太好意思的事！既然老大都这么做了，旁边的学生当然就不再怕了，开心地拍下了十分经典的大合照。这样改写了历史性的一刻，大家惊呼连连。

不仅这次拍出了超活泼的镜头，我事后还用电脑绘图把这些照片添加上藏文的美工造型字，或制作成可在电视上播放的光盘。当收到这些纪念照片或光盘时，他们都感到非常惊喜！这些技术对现代都市人都是轻而易举的，但是小小的改变，四两拨千斤，效果十足！堪布看了照片后笑道："你已经将他们生命中最快乐的时光保存下来了！"（耶？这次堪布可不是说"吉卡若"哦！）时光匆匆，既然要留念，就该快快乐乐地拍下最感动的照片。自在的快乐就是最美的庄严，不是吗？

为什么我的假期一直high不起来

这里的假期和都市的一样，快乐的时光总是来匆匆去匆匆，虽然我很开心地帮他们拍了很多有趣的照片，但是对于我自己的假期，通常觉得不怎么快乐。

几年来的休假日，我只有跟团露营过两三次。因为放假的时候，我通常得到宗萨各处办公室去维修电脑或处理档案，而且在前一天傍晚就被老大们预约了。这样的情况也常常发生在其他藏地的外来学生身上，因为怕做事（认为自己是来修行的，不是来工作的），感觉是被寺方利用了，所以很多人都宁可再另寻更好的清修之处。这样的问题，我当初也挣扎了好一阵子，最后才隐约在堪布与洛热老师身上找到答案。

老黑堪布因为是住持教授，身份相当尊贵，所以不方便到校外去与学生同乐。为什么呢？因为大家看到他就吓傻了，都要弯腰行礼站好，根本不敢放开心情玩，所以慈悲的堪布在任期内几乎都孤独地守在校内房内，接见一些客人，或到屋顶绕圈散步，平时的自习课时间还要去电脑教室督导藏文排版工作，自己也要忙着校对工作。偶有寺院或活佛的邀请，才有机会到外头走走。

没有访客时，我常待在堪布身旁，边修电脑边聊天。每当我问他问题时，得到的回答总是千篇一律。例如，问："您最想去哪里旅游？"答："没有！"问："退休后想做什么？"答："不知道！"或"没想过！"总之就是一问三不知，经由多次的实验证明、旁敲侧击地问了堪布一些心事，发现他真的不是在装傻，而是确实没想那么多，也从没抱怨过这样没假期的日子很苦。堪布每天就是坐在房间喝茶、看看书或发呆，每天上课跟学生问答，跟学生一起辩经，就够开心了。

而洛热老师的假期呢？因为他是管理寺院的老大，所以自由活动的时间比堪布多一些，但是他从年轻开始盖庙盖到现在头发都花白了，也没见他在计划退休后想去哪儿玩乐。休息时间也都是随地找个地方小睡一下。无论是寺院还是学院的繁忙工作，对他们而言都是发自内心的奉献工作。曾经有朋友质疑我是否被他们利用了，我觉得，这是出自在都市复杂生活中所产生的自我武装、防备的心态。其实在藏地是很单纯的，不需要想这么多。

堪布对我说："没有人会逼你修电脑，我们也不会因此赶你走，你自己量力而为就好。"我回答说："可是我常常去帮你们修电脑，就没办法专心学藏文呀！"堪布又问："你在台湾闲着没事做的时候，难道就利用时间好好用功念书了吗？"耶……当然没有！很显然，我自认为可能被利用的借口就不攻自破了。我在休假时一直想着工作的事，在上课时又一直想着休假的事，说穿了，是我的"执着"绑架了自己。

下课时，我常跟堪布聊天，从中习得一些新观念，算是我最快乐的事。我维修他们的硬件，堪布借由聊天来为我的"心灵软件"杀杀烦恼病毒，算是我苦闷休假日里最好的收获。

对于只来藏地待几天的游客而言，放下手边的念珠、笔记本电脑与手机，跟藏族人一起在草原上狂欢并不是难事，但是当你哪天真的来藏地长期定居，如影随形的工作习性与压力便会逐渐浮出水面。能像藏族人一边盖房子、夯土，一边欢唱，才算是真正学到雪域版的乐活精神了吧！

第16话
阿爸与阿妈
以孝传家的亲情文化

藏族人文化里不知道有哪些类似孔孟的伦理书，他们
是如何教导以孝传家的？

"阿"是藏文字母最后一个字，他们认为人一出生时，第一声叫的是"阿"声，各国的主要拼音元音也是"阿"，而藏族人最讨厌的乌鸦每天盘旋在屋顶上，叫声也是"阿！阿！阿！……"因此，藏族人认为"阿"声是万物之源，因此就在亲人的称谓上以"阿"字为头，如"阿爸""阿妈""阿布"（哥哥）与"阿佳"（姐姐）等亲戚称谓，都是这样的命名规则。而藏文的"家乡"为"帕域"（Pa Yul），字面意思就是"父境"，即父母亲所在之处。由此可见，在藏族人心里，阿爸与阿妈的地位是很重要的。

遇见宗萨的"父母"们

刚从外地办公回来的洛热老师，坐在客厅的藏式床座上，师母做的第一件事就是帮他准备专属的个人脸盆与盥洗用具。洛热老师一伸手，师母就会从塑料瓶中倒温水给他洗涤，宛如古代生活一样。

师母很优雅地协助他完成整个盥洗动作，早晚盥洗或吃饭都是一样的服务。在外人眼里可能觉得老师很大男子主义，但是我从来没感受到师母言行中有任何不甘愿之意。整个画面非常有伦理之美。纵使师母没空，也会由其中一位女儿来代劳。

由于洛热老师年岁已大，无法久行，若要外出，都是打一通电话给儿女们，孩子便马上开车来接他。除非真的人、车都不在，否则没有孩子或亲戚敢推辞不来。光是绝对服从这一点，就是生长在汉地的我们鲜少能做到的。藏族人认为这些服务是应该的，父母除了对孩子有养育之恩外，还要工作并为寺院或小区服务，孩子们反过来为父母代劳这些家务事，又有什么好抱怨的呢？我心想，会不会是因为洛热老师的身份比较特殊，所以只有他们这一家人特别孝顺父母？几年来，我家家户户串门子下来，才发现孝顺是藏族人普遍的现象。

在洛热老师家另一端不远处，是宗萨学院院长堪布彭措朗加的家。说是家并不太对，因为堪布已经出家了，但是他和家人住在一起并不是眷恋家人，而是为了照顾年迈的母亲。堪布彭措朗加并非麦宿本地人，而是从小跟着师父老堪布贝玛当秋来到宗萨寺学习，学有所成之后，便把远方的母亲接过来赡养，由堪布的姐姐与亲人照料家务事，因此只能说这个家是堪布暂时的安居所。

第一次在堪布家中见到他的母亲，留着跟出家尼师一样白花花的三分头，身穿传统藏服，身体相当健朗，能用拐杖行走、绕佛塔，口中默诵着佛号。有几次我去拜访堪布，堪布还没回来，我就先坐在客厅等着。当堪布一回家中见到母亲，一位四十多岁的人突然就变成个大孩子似的，从背后深深地抱着母亲，然后说些问候平安的话语，帮她擦一擦模糊的老花镜，加件衣服，这样感人的情景常常可见。他们之间的关系既亲密又不互相牵挂，老母亲不会在意她的孩子去了哪里弘法，多久才会回来。堪布有时候几个月甚至一整年没回来，也丝毫不会影响他们的亲情。

至于堪布才旦的父母和亲人们，则已往生多年。堪布目前只剩下一个弟弟和一个已出家的妹妹，每隔多年回家乡探访时，才有机会再相见。

▼洛热老师跟他最小的女儿曲嘎一起躺在床上休息。藏族人父母与孩子之间的关系是既严肃又亲密自在的，孩子平日会帮父母倒茶与办事，把父母当成国王一样来奉养，但是也会随意地和父母同躺在客厅的床上聊天或休息。

藏族人的字典里，父母跟伟人同义

在我还没认识宗萨的藏族人之前，我的人生字典里从未把父母跟伟人画上等号。父母亲情虽然伟大，但是子女通常不太可能会把父母当成名人、伟人那样看待。纵使他是总统、县长、校长还是什么委员，社会地位再高，但能从心里真正尊敬父母的孩子也并不多见，有些孩子甚至还与父母反目成仇。藏族人的诗书里并没有孔子与孟子，他们的伦理道德观念都是从历代喇嘛大师口中代代相传的。尽管他们不需要背那些教条，有很多藏族人甚至是不识字的文盲，但是孝顺的言行居然能实践得比以儒家当招牌的汉人社会还好，只能说孝顺的基因早已深埋在藏族人的骨子里。他们每天通过揉糌粑、打水、砍柴等各种生活小事来做机会教育，让孩子们直接耳濡目染佛家所教导的孝道之礼。

噶布老师告诉我，父母在藏族人心中如同喇嘛一样具有绝对权威，孩子不能顶嘴或责怪，父母要求的事若没做到就是不孝。更重要的是，要求父母去帮你做事、劳动（顺路买东西、办事无妨），更是不孝，可谓天理不容。他们认为，一个人纵使修为不好，在外偷盗、抢劫，做了很多恶名昭彰的坏事，也不及欺负自己的父母来得邪恶。他们常讲一句顺口的脏话："啪若啥究！"（去吃父亲的尸体），意思就是，侵犯父母是最恶毒的坏事。

因此，若你有机会到藏地，千万不要找中老年藏族人来帮你挑水、背东西、洗衣服或买东西。除非对方是主动帮忙，否则不要有使唤用人的口气与动作。纵使因为语言不通而产生误会，例如把你的东西弄不见或弄脏了，如果破口大骂，事情很快就会传开。

常有来宗萨的汉人或洋人背包客发生这种得理不饶人的情况，这时就算你是对的，只要你骂了藏族人的父母，你就是错的，而且很可能被列入不受欢迎的黑名单。哪怕你是位有钱的功德主，供养了寺院活佛喇嘛多少钱，只要你犯了"伤害父母"（自己或他人的）这一条藏文化的戒，就会发现当你走在藏地路上时，连路边的牦牛都会瞪大眼睛鄙视你。

让汉族法师难以理解的喇嘛亲情文化

通常汉族的佛教徒一出家后，马上就得改头换面，他可能会告诉自己的母亲："阿弥陀佛！这位'师姐'，从现在开始我不是你的'小明'，请称呼我为（上）大（下）明法师。"当然对佛经戒律而言，这样的分界是应该的，但是基于人情之故，大部分法师私下与父母相处时，并不会如此绝情，只不过僧俗之间总感觉有一道无形的高墙存在。

相较之下，藏族喇嘛无论是不是受了出家戒，他们在家乡路上随口叫一声爸妈，总是如此自然。他们并没有藐视戒律与威仪，而戒律与威仪也从来没有在他们身上消失。佛说出家就是远离家乡断烦恼，劝导佛弟子们要远离亲朋好友所在的地方，到安静的山林里去修行。当然，藏传佛教徒绝对同意这种观点，只是藏地喇嘛人

▲我偶然拍摄到的场景：一位小喇嘛扶着一位老阿嬷上阶梯。

▲这是洛热十个孩子当中最帅的小儿子赤乃彭措与他的妻儿。他希望自己的孩子都能像他阿爸、阿妈一样深信佛法。

口众多，与家人、社会的关系密不可分，真正能到山中隐居的毕竟是极少数，但是并非不隐居就代表修行不好。

一般人会误认为学佛最终就是走上抛家弃子的消极避世生活，然而这里几千年传下来的佛化家庭教育实例，足以打破这个迷思。尽管喇嘛人数很多，但仍然处于社会平衡的状态，僧俗共融却又不互相牵绊，亦不违佛法戒律，一切都是既平衡又自然。不过，也别担心这样的情况会变得像日本佛教一样，大多数和尚几乎都有家庭也有老婆。这里会将家人带在身边的，都是以年事已高、需要被照顾的家人为主，或家中有学龄前的小侄儿，带他们到寺院中自己的住所来做人格养成教育，督导他们学习。

藏地僧俗共融的感觉乍看很世俗，相处之后又觉得很出世。年迈的父母亲每天在寺院里绕塔、磕长头、持咒语，跟出家人的生活没两样，父母学习、教导给孩子的，都是喇嘛曾教给父母的内容。

纵使有一天，自己的喇嘛孩子到深山里去闭关修行了，父母也会千里迢迢背着粮食去护持他。父母往生时，喇嘛孩子也会想尽办法恭请大喇嘛来家里，一起亲自送父母最后一程。总之，无论是入世还是避世的选择，对藏族人而言，都不会把自己修行不好的借口推托到父母身上。

未来的"第二代"藏族人父母

2009年2月初，堪布彭措朗加从台湾弘法回来，飞机刚抵达大陆，就得知母亲病重的消息。他深感不对劲，晚上不敢睡，连夜驱车回到宗萨，终于来得及见母亲最后一面。堪布与寺院喇嘛们亲自为老母亲做超度，他将母亲安葬在宗萨寺入口路旁的山坡上，每次进出都能望见。但是我相信，堪布的母亲并没有安息在那块土地上，而是早已在净土中了。

洛热老师的十个孩子中，除了一个出家当喇嘛外，几乎全都成家立业了。四个儿子中最小的赤乃彭措，年纪跟我差不多，已经生了一个娃。另外两个文化程度最高的女儿扎西拉姆和曲嘎差不多也该结婚了，但是他们为了节省经费，决定低调"裸婚"，没有花钱，只凭双方长者见证和一份合法证书，极简完婚。夫妻住在一起，就算成亲了。

由于他们生长在佛法家教甚严的家庭，所以我认为他们下一代孝道的观念，应该不至于相差太大。至于其他已经汉化或洋化的第二代藏族人家庭，就很难说了。目前新式教育普及，藏族人在佛法课程之外，有了科学、理论、权利等新观念，还要参加各种考试，好跟外人竞争。以前藏族人的娱乐活动是跟父母一起转山，现在是一回家就想看电视或上网聊天。在这时代巨轮的轨道上，既然这里最后也可能走向如都市人一样的家庭文化，那藏族人的孝道一样也经不起考验吧？当然不是这样的，因为藏族人的孝道观念是从佛法教育而来。因此只要佛法还在，在世界各地都能仿效同样的佛化家庭生活，不是吗？

遇见近乎完美的"阿爸"洛热彭措与了解到藏传佛法与孝道之间的密切关系后，我回头看看自己不够孝顺父母，要我视他们如尊贵无上的佛菩萨一样，真的超难的！我突然觉得自己的成佛之道遥遥无期……

第17话
随遇而安的宗萨藏医
宗萨藏医院与文化重病

他们无论是走着、坐着或躺着，
随时都是大家的健康靠山。

汉人都知道医院、中医院或各种民俗疗法，就是没听过"藏医院"。我第一次告诉别人，很多人都听成："什么？你在'葬仪院'？谁死了？"听了之后真是让我囧很大。藏医院就是藏医医院的简称。藏医在药材方面与看诊方式上类似于中医，但是依据的经论不同（例如，藏医的经典《四部医典》），内容迥异，自成一格，算是一门由佛教科学衍生而出的养生医学。一般人对医院的概念是先去挂号，或先预约主治医生，然后再到诊室去看诊。但在宗萨藏医院不是这样的规矩，医生不见得在医院里，而是到处跑，只要在医生家里遇到了，或在街上遇到了，都可以就地帮病人把脉看诊，然后随手给你写个药方，让你自行去藏医院取药，所以藏医也是讲求医药分家的。

藏医院院长洛热老师是位随性自在的长老，他工作累了，在家中客厅的藏床上随便一躺就睡，在藏医院外面的草坪上卧了就睡，甚至在办公室里，眼睛酸了就直接在地板上睡了。尽管如此，只要有病人来，他无论多累，都会起身看诊，不消一两分钟就能判定病情，可以说是神医。

从不收挂号费、诊疗费与手术费？

宗萨藏医院可以说是当地的私人保健单位。喇嘛就医免收任何费用（包含两至三天分量的药品），低收入户仅收成本价。任何手术或外伤包扎，全部免费。

不仅如此，藏医院虽然晚上会关门，却是二十四小时待命服务，一旦半夜有急诊通知，他们会马上起身去看诊。这差事从洛热轮到了其美多吉，最后轮到了四儿子赤乃彭措。

藏地早期交通不发达，去一趟山谷须骑马或步行，等到了目的地，有时早已回天乏术。虽然很令人遗憾，但医生还是会安慰并叮嘱家属，尽快安排喇嘛来助念超度。亡者家属也会准备餐点，让大老远来一趟的医生吃饱了再离开。藏族人看待生死的态度就是这么泰然。

二十多年不涨价，他们靠什么吃饭

　　这样免费施与百姓们医疗救助，但是药价仍跟二十年前一样，同行都已经提高好几倍价钱了，宗萨藏医院却坚持不涨价。由于药材都是直接在当地药山种植与摘取，所以没有成本不堪负荷而须调涨的问题。据说宗萨藏医院的药材费是四川甘孜地区最低的，但是并不表示药材质量差，其药品皆完全遵循古法研制，每次制药时都会恭请寺院喇嘛们来修法加持，可以说都是货真价实且具有加持力的古老藏药。

　　宗萨藏医院每月平均救治五百多位病人，要为八个乡六十个村庄的两万人服务，却仅有五名医生每天二十四小时工作，随时出诊。所有的车费、油钱与路费皆由藏医院自行解决，病人不用出一毛钱。免费的药加

▲宗萨藏医院位于当地主要道路的入口处，由于环境优美，完全不像医院的样子，常常被误认为是宗萨学院，也算是洛热老师迎接宾客的第一站。

▲宗萨藏医院的医袍很有特色，是洛热老师设计的。白色是雪域吉祥的颜色，领口是参考藏装的样式，帽子相当可爱，前后、左右、上方都有一朵彩色的花，在其他藏医院看不到。五种颜色的花象征药师佛，各有深奥的佛法意义。

上免费看病，如此沉重的负担，使得藏医院一年仅有几万元利润。这还不包括洛热老师把自己大部分所得捐给寺院买法会用的供僧食品、耗材器材。我真是无法想象他们是怎么办到的。

后来随着宗萨地方人口逐年增多与物价上涨，藏医院的负担也越来越沉重。所以，他们只好将生产的藏药与藏香尽量扩展外销到各地，如此一来，收入与支出才终于勉强可以平衡。问题来了：藏药不涨价的主因是药草产自当地，所以成本可以压低；但是购买和维护制作药品的机器和设备，费用却是很高昂的。

"物价提高了，药不涨价怎么行？"当我提出这个问题时，副院长扎西拉姆很气愤地反问我："物价虽然涨了，问题是人民的生活条件并没有因此变得更好，还是和以前一样。如果药价也调高了，难道要让没钱看病买药的人病死吗？"

雪域医生难以医治的"文化病"

一开始听到藏地竟有这么好的医院，就像雪域天堂一样，医生随时与藏族人为伴，藏族人也都是无病无忧的样子，多么其乐融融呀！后来一聊之下发现，百姓缺的不是好医生，医生苦恼的也不是棘手的绝症，最大的问题是藏族人的观念——在文化交替之下所产生的雪域文化病。

汉藏心结后遗症

藏医历史虽然博大精深，但由于其历史断层连连，一些高明的手术早已失传，以致许多疾病是藏医无法医治的，必须配合西医的技术。但是藏族人对此多半不领情，藏族传统的中老年人不愿吃汉人做的西药或中药，甚至宁愿病死。这些实例都曾经在麦宿当地发生过，但是也仅限于老一辈的藏族人了，年青一代的藏族人不但不讨厌西药、中药，而且信任的程度还可能胜于藏药。

不能隔离父母的传染病

藏族人最容易传染结核等慢性病，除了环境卫生条件不佳之外，最重要的根源来自藏族人的家庭观念。之前说过了，阿爸与阿妈在家中的地位是最尊贵的，因

▼藏医生们不一定二十四小时都待在医院，不论你在任何地方见到他们，都能马上给你看病、开药方，而高原山川上也常是藏医的医学教室。洛热老师有时候累了，就直接在藏医院办公室的地板上随意躺下休息。

此，纵使他们生病了，也不能认为父母的碗是脏的！如果子女不和父母共享碗筷，隔离他们的话，就是瞧不起父母，如同把父母当狗一样关起来，是相当不孝的行为！正因为这样，传染病就无法杜绝了。

错把西药当补药吃的"嗑药病"

这又是另一个千年传统观念所引发的"血案"。绝大部分藏药的成分皆取自天然的草药、矿物或珍宝，有些药物可以直接当作养生用的甘露丸。因此，除了一些特定的猛药之外，一般的藏药并没什么副作用，也从来没发生过误吃药而丧命的案例。所以，藏族人很相信藏药的安全性，觉得没病吃吃藏药，也有强身健体的作用。遗憾的是，生性单纯的藏族人以为西药也是同样的道理，甚至觉得西药的疗效比藏药来得快又有效，而且糖浆喝起来有点甜，很好喝。因此，像止痛药、胃药等西药，就开始在藏地热卖起来。

有件事不得不说。对台湾人而言，打点滴通常是重病住院或手术过程中才会做，但在大陆是常见的医疗方式。打点滴大陆称为"输液"，藏语翻成"天针"（因为药水在自己的头上）。藏族人很喜欢"天针"，感冒也输液，头痛也输液，小病多半也要输液。他们觉得几百CC[1]的药水灌注到身体内，应该是很补的吧！殊不知，滥用药物会让身体的生理机制产生抗药性，反而有害身体健康。

近两三年，由于活佛喇嘛们的佛法倡导活动相当成功，许多藏族人发誓不再贩卖烟酒等佛经认为会伤神乱性之物。这下好了，发誓容易断性难，仍有酒瘾、烟瘾的中年藏族人在工作时买不到替代品可以解闷，一时间，有种叫"正气水"（藿香）的中成药歪打正着。小小一只玻璃瓶，方便随身携带，价格低廉，可以消暑祛湿、止呕化浊，是治疗夏季暑湿过盛所致各种肠胃不适症的良药，藏地各家药铺都纷纷引进。他们说："喝了正气水之后，肚子会有胀胀、麻麻、凉凉的多重感觉，跟喝酒、抽烟的快感十分相似。"就这样，当地不少人把正气水当酒喝、当烟抽、当感冒与胃肠痛的预防药。

---

①CC：cubic centimetre的缩写，即"毫升"。

诸如此类的错误观念层出不穷，藏地的正确用药观念还需要大大地倡导加强。

藏医"师资人才"短缺病

洛热老师背负着宗萨第五代藏医传人之名，行医多年后，在德格县内已颇有名气。当时的政府想聘请洛热老师去德格县的医院当医生，月薪人民币一百元。当地村民听了很讶异地说："这根本是皇帝的收入！"因为一百元人民币在当时算是藏族人"一年的收入"。但是洛热老师马上拒绝了，他说："偏远地方的人民更需要服务！"为了给政府面子，他还是让一个学生代替他去了县医院。

虽然洛热老师想以身作则，让更多学生效法，将所

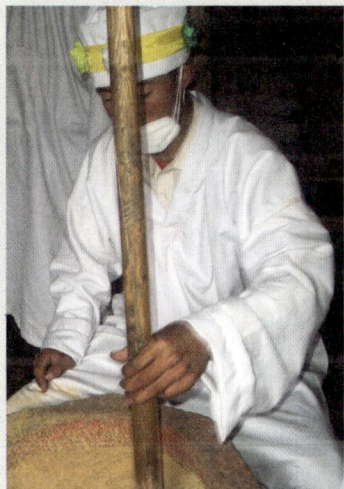

▲宗萨藏医生依循古老传统手工炼丹制药。

▲负责卖菜的铁棒喇嘛昂赛尼玛因为太忙了，所以只好自己一手拿着"天针"，一手做事。麦宿有着当地最好的藏医资源，但是很多人似乎不太珍惜。

学的资源投入各偏远乡村，但是并没有引起太大反响。大部分学医的藏族人无不希望到大学与大医院去学习，那里有各种最新的技术与资源，因此，很少有学生想下乡来拜这些老藏医为师。洛热老师分身乏术，既担任寺管会主任要职，又要发展当地小区的工艺文化（大家似乎都忘了，他已经是一位七十多岁的老人了），藏医院只能由他的两个儿子其美多吉与赤乃彭措来接管。

宗萨藏医院的情况已经算不错了，其他偏远地区的医疗条件更差，为此曾经发生了很多憾事。许多邻近山区的藏族人只好千里奔走来宗萨看病。一般偏远地区的寺院通常会指派一位喇嘛来学医。倘若在家人想学医的话，如同先前所说的，他们在学到医术之后，多半会选择到外地去开医馆，以便赚取更多收入。

藏医学本是雪域五明学问之一，但是来学藏医的喇嘛一年比一年少。很多喇嘛认为自己心有余而力不足，只好先接受"口传"（这是佛教的一种传承方式，老师念经文给学生听闻一次，以代表得到了传承，来世得以开启机缘），使自己在名义上也算是个已经习得五明的学者，但是缺乏具体的传统的制药、医疗训练等过程。

藏医的未来

面对藏医的未来，洛热老师显得不知所措。藏医的传承和资源是足够的，问题就在于医疗分配不均，需要的地方都得不到资源。许多知名藏医与学生宁愿去大城市跟西医、中医抢生意，研发更多生物科技产品，好让藏医学营销到世界各地。无论他们的实际心态如何，洛热老师觉得自己已经没有本钱与本领可以改变现状了，他认为这种情况，十年内是无法改善的。

这一篇的主题是"随遇而安的宗萨藏医"，我顽皮地选了洛热老师悠闲地躺在藏医院草坪上的照片放在前面，还故意做了逆九十度的翻转，让洛热

▲洛热老师正在藏医院门外的草坪上优雅自在地看书。

老师看起来像是顶天立地的宗萨靠山。当初我以为这一篇写藏医院的优点与年轻藏族人爱乱吃西药的问题就够了，然而，在撰写的过程中，我曾经打过几次电话向噶布老师与扎西拉姆这两位副院长请教了一些藏医院的疑问，不小心聊到更多潜藏的隐忧问题。洛热老师明明面对的是藏族医疗文化问题，却还能一脸泰然自若的样子，仔细回想起来，这些年来，我好像也没听过洛热老师抱怨这些事。

时代与环境一直都在改变，但是洛热老师这些历代喇嘛医生所传承下来的从容自在、随遇而安的精神，是藏族特有的医学特色。哪怕最后衣钵只传一人，我也相信，雪域的健康之花仍有再度盛开的时候。

第18话
工巧妹妹洗冤记
"五缺一"的五明文化

她，貌美贤淑，琴棋书画样样行。

大家跟她都很熟，也很喜欢她，

但大家就是不愿意承认和她有关系。

在藏地各处都能见到"工巧妹妹"的踪影，甚至你的桌上也有她的作品，或许电脑里还藏有她美丽的照片！你跟她很熟，但是你完全不知道她的命途有多乖舛……

"工巧妹妹"就是藏地"工巧明"（传统手工艺技术）的拟人化代名词，为了让你能更深刻地感受到"她"的重要性，让我们继续以"工巧妹妹"之名，细读她的苦命史吧！

阿明的十个儿女与五明家族企业

从前有一位喇嘛大师来藏地弘法时，将自己所有的学问都教给一个牧民"阿明"，并且给了他一个可以享用生生世世的无上秘宝。除了这个牧民之外，谁也没见过此秘宝一眼。后来这个牧民生了十个儿女，他也把喇嘛大师教给他的学问都一一传授给了孩子们。

老大哥学问最好，是位语文老师；二哥跟大哥一样，是位温文儒雅的诗人；憨厚老实的三哥最具善根，出家当喇嘛，修行佛法；四弟则当了医生。另外的六个女儿表现也不差：聪明的大姐是辩才无碍的律师；二姐是风水星算师；三姐和四姐学的都是古文学，从事音律学与修辞学的研究工作；年纪最小的两位妹妹，手艺也最精巧，九妹是工艺家，十妹则是能歌善舞的艺术家。

阿明在年老时曾经对他们说："分遗产时，十个儿女都必须在场，且十个都同意后，才能打开喇嘛大师给的秘宝盒。"

虽然十位兄弟姐妹的个性不同，但是专长刚好可以分成五类：医方明与星算学，因明与内明（佛学），诗词学与修辞学，声明与音律学，歌剧学与工巧明。所以他们一起注册了家族商标，名叫"五明"。同时在印度和中国的藏族聚居区合盖了很多学院与商号，都挂上"五明"的招牌，各地都有分院，家家户户都是他们的学生。

虽然这是他们共同创立的企业，但是能者多劳的工巧妹妹一直被兄弟姐妹们所利用。喇嘛们穿的衣物、念经需要的锣鼓，这些技术活儿都是由她来帮忙制作，做好的作品却由哥哥姐姐们挂名，工巧妹妹只有默默地为这个家族做事的份儿。可惜好景不长，某年，当地发生事变，父亲阿明不幸罹难，十兄妹的企业就这样倒闭了。为了谋生，他们分道扬镳，另谋生路。

遗产风波

二三十年后，他们再度复兴起家族的事业。由于西藏族人普遍尊崇喇嘛，新公司的经营权自然就落到三哥喇嘛手上。此时，他们想到了父亲的秘宝遗产，但是当年工巧妹妹和他们失散后就一直下落不明，因此那个宝

▼宗萨寺有十二个手工艺班，是目前当地最完整的工巧明重镇之一。

盒始终不能打开。

三哥喇嘛以前虽然跟工巧妹妹学过一些，但是因为喇嘛们做这些粗活显得有失庄重，后来只好找了一些乡民来代工。三哥喇嘛主持了五明企业，但是里面的工巧明部门是虚设的。他到处搜集各地的古董，拼命兴建金碧辉煌的寺院，好让大家认为工巧妹妹还在。"五缺一"的五明家族企业真相，外人并不知情。

据说藏地各处寺院都有工巧妹妹的消息，说她可能被带去工厂当女工，制作商业化的佛像。虽然得知她很平安地活着，但是没有一个真正能安身立命的地方。后来，宗萨寺的洛热老师终于找到她的下落了！

▶扎西多吉是当地金银加工班的现任老师。"文化大革命"期间，传统的藏族工艺停摆，大家为了谋生，便以盗猎野生动物为生。扎西多吉为了保护野生动物，承诺只要藏族人放弃盗猎，就愿意无条件传授给他们工艺技术。他的做法不但使得自然生态得到保护，也让传统技艺可以传承下去，并改善了当地人的生活，实在是"揪感心"！

洛热老师寻找工巧妹妹

1986年，洛热老师在重建寺院与学院的同时，也考虑到将传统工艺文化融入百姓的工作中，因为这些技术的传承，自寺院第一代活佛蒋扬钦哲旺波开始就有了。洛热老师一连在当地开办了唐卡、泥塑、彩绘、木雕、金银加工、铜铸、陶器、裁缝、编织、木工、锻造十一个班，分布在不同乡村，基本上教授的对象都是在家的藏族人，一来可以恢复与保存传统藏文化，二来也可以培养当地人才，增加就业机会，改善生活。

洛热老师为了工巧妹妹，在宗萨寺开了一所学

校，将她的技术完整地发扬光大。像这样开办了完整十一个工艺班的情况，可以说是工巧妹妹事业的另一春，因为其他地方根本没有如此盛况。工巧妹妹在宗萨当地办学，目前有二百多名学生、二十多位老师，多半是当地人。但是也有来自昌都、江达、道孚等地的外地学生，洛热老师为了鼓励他们，自掏腰包补贴他们的生活费与车马费。这一切看似很完美，但是其实困难重重。

人财两失的工巧妹妹

通常藏族人在宗教上会拜喇嘛为师，以求出家修行，但在职场上并没有学徒的观念。洛热老师刚开始聘请工巧妹妹来办这些工艺班时，许多当地人并不领情，认为她既非活佛，也不是出家人，为何要拜她为师呢？后来乡民说，除非工巧妹妹给他们工钱，他们才愿意来学！大多数传统藏族人认为工作就是工作，信仰归信仰，怎么可能常年在一个俗人那里免费做牛做马呢？

后来唐卡班因为唐卡作品一直都是藏族工艺市场的主流，作品比较好卖，所以老师稍有收入，就可以给学徒工钱了。见唐卡班渐渐有了一点知名度，学生才抱着想赚钱的心态，甘愿免费先学一年基础画功，想着等程度好一点就可以赚钱了。佛像类的工艺班（铜铸、锻造与木工三班），因为资源有限，且无法像唐卡班那样量产，制作佛像比平面绘画的成本还高，因此要有学生帮忙加工，所以师傅一天勉强给了二十元人民币的工钱。只要作品跟佛像有关，都比较好卖，很多学生没学几年就跳槽，跑到都市去自立门户了。他们学会了技术，却不愿回馈当地，导致藏地又面临着工艺技术失传与继承师业的危机。

后来，洛热老师为工巧妹妹在宗萨藏地院成立了甘孜州第二个NGO（Non-Governmental Organization，非政府组织），挂名"玉妥云丹贡波医疗中心"，办公室负责人是降用彭措。他希望能帮工巧妹妹多找一些助理，以振兴工巧文化事业。

逐渐含冤"死去"的工巧妹妹

我就是从负责人降用彭措那里，了解到工巧妹妹背后的悲情故事。我问他："你会不会觉得这些工艺技术之所以让藏族人觉得低俗，是因为没有寺院活佛喇嘛们的推广？因为老百姓多半都只听师父们的话。"降用彭措认为应该也是这样的原因。但是，目前有太多个人或企业不愿意赞助这种藏族传统民间工艺，反而只愿意配合活佛喇嘛去盖庙、盖大佛与舍利塔甚至盖大饭店，当作投资。

不但大部分活佛不支持，有些甚至认为做了这些世俗的工艺工作，就会贬低他们尊贵无上的身份与地位。但是一旦寺院有需要时，还会要工巧妹妹来做事，这样才可以有精美的工艺品向外人炫耀。无论活佛喇嘛们再怎么依赖工巧妹妹的工艺技术，就是不愿意承认自己跟工巧妹妹有任何关系，甚至还说：

▲宗萨寺的喇嘛日扎也是工巧妹妹的学生，他的专长是传统藏房彩绘。附近一些寺院都会请他去帮新佛堂做美化的工作。

▲洛热老师正在巡视手工艺班的作品制作情况。

"跟工巧妹妹有关系就是犯戒！不能跟她走得太近！"自然而然的，工巧妹妹的身份就成了令人尴尬的窘况。

就这样，虽然目前的藏族社会里，大多数活佛喇嘛都被称作"精通五明"的大师，每家藏传佛教学院都挂着五明的招牌，事实上根本就是"五缺一"，大家都误解工巧妹妹了。当初，喇嘛大师为何要传秘宝给阿明呢？阿明为何坚持一定要等十个孩子都到齐了才能打开这份秘宝？真相即将大白……

喇嘛大师的秘宝

话说工巧妹妹其中的一位老师，是宗萨寺第一世宗萨活佛蒋扬钦哲旺波。他有一次出远门办事时，在路上遇见一对母子。母亲的鞋子破了，但是还得背孩子，脚因而破皮流血了，孩子也一直哭闹不休。活佛马上就坐在路边，弯下腰来帮她缝好那双破鞋。原来这对母女正要前往宗萨寺，这才发现他是住持。

工巧妹妹还有另外一位印度籍的老师，叫阿底峡，擅长做泥佛像。工巧妹妹不忍心师父做粗活，要帮他代劳，阿底峡大师就对她说："我的饭，你能代我吃吗？"

此外，工巧妹妹还有一位老师在噶举派八蚌寺。"文化大革命"后，洛热老师为了寻找工巧妹妹，找到八蚌寺去。那位老师名叫通拉泽翁，是位精通唐卡的大画师，本身也是位高僧。为什么高僧要学唐卡呢？原来唐卡画里是有玄机的。藏族的佛教艺术文化比其他地方的更严谨。在藏地，佛像是万万不可按照创作者个人的喜好来改变胖瘦高矮等造型的。作者不能随意窜改内容，必须依照相关佛经的指示来制作，如《佛说造像量度经》《绘图量度经》和工布查布《佛说造像量度经解》等。因此，对喇嘛而言，参与画作的过程本身就是佛法修行的一环。其他如雕刻、编织等亦是一样的道理。

或许有人会问："那也不必每位喇嘛都把工艺当作修行的一部分吧？还有其他修行方式呀！"要知道，自从佛法传入后，藏族的绝大部分文化、知识与技术几乎都是源自寺院，各行各业的老师都是喇嘛。这也是为什么藏族人家庭除了宗教信仰的因素外，这么乐意将孩子们送去寺院学习的主要原因。因此，许多古代藏地寺院里的喇嘛大师，是真正精通五明学问的。前一刻他可能是法座上的高僧，下一刻可能在寺院某个角落充当水电工。对他们而言，生活中的大小事无一不是修行。只是后来世人误以为佛教徒出家后，就应该放弃世俗的一切特长所好，必须"六根清净，四大皆空"。就因为这样的误解，才会导致工巧妹妹的陈年不白之冤。

真假工巧妹妹

大家在了解真正的工巧妹妹之后，不难发现，其实工巧妹妹也有一些外地徒弟，后来都相当有名。有一位弘一法师，出家之前，跟工巧妹妹学习了美术、音乐、戏剧等十八般才艺，出家之后舍弃了大半，只保留书法，借着抄写佛经与法语来度化众生。第三世宗萨仁波切也是工巧妹妹戏剧班的学生，但是他更聪明，他去外国进修学电影，选择了电影作为弘法的主要工具。还有一位名叫麦克尔·罗奇格西的外籍喇嘛，在获得最高的格西学位后，成为钻石行业里一位成功的企业家，更把自己的经验写成了《当和尚遇到钻石》一书。工巧妹妹还有其他很多学生，有唱流行歌的活佛，也有画可爱沙弥漫画的韩国法师等。可以说是桃李满天下，族繁不及备载。

当然，社会上也有许多人以工巧妹妹的名义来假行度化众生之事，贩卖一些以神佛为名的品牌商品，换取信徒们的崇拜。鱼目混珠之下，到底谁是真的工巧妹妹，谁是山寨版？看来，工巧妹妹的命途仍旧十分乖舛与坎坷。

工巧妹妹也开了电脑班？

2000年，洛热老师引进了电脑技术，他认为这也算是工巧明。当地人纳闷地问道："什么？工巧妹妹也懂电脑哦？"洛热老师说："当然！只要是跟技术有关的，工巧妹妹通通都会！"洛热老师与堪布才旦指导喇嘛们学习电脑来印制数字版的佛经。也因为如此，一些人会沉迷在高科技的手机、影视、电玩世界中，工巧妹妹的魅力令人难以割舍。

很巧，我刚好也是工巧妹妹的徒弟，负责协助处理宗萨的电脑维护与多媒体设计工作。工巧妹妹好奇地问我："你学了那么多艺术、平面设计、影音剪辑等技术，回台湾去工作应该可以赚很多钱吧？"我回答她一句英文，工巧妹妹一头雾水地复诵说："格雷特抛尔……康司格雷特瑞死胖舍逼乐替？（Great power comes great responsibility.）"我翻译说是"能力愈强，责任愈大"的意思，这是出自电影《蜘蛛侠》的名言。工巧妹妹不解地说："有什么责任呀？"我笑说："我的责任就是让你阿爸留下来的秘宝可以一直传承下去呀！"

第19话

容易被误会的藏族肢体语言文化

你应该了解一下的五指喻、摩顶与碰头礼

猜一猜，老堪布在比什么手印呢？

关于藏族的肢体语言，最常见的是"吐舌头"，意思是虔诚、谦卑、尊重、诚实等。其他还有"五指喻""碰头礼"与牵手、握手等习俗，是每个藏族人都会的肢体语言。我不确定各藏地是不是都通用，但是应该相差不远。只不过他们比的动作，真的跟你想的不一样。

第一次来藏地旅游的人，常会在街上看到一些藏族人手心里包着钞票，拇指向上，那只手不停地上下抖动，口中念诵佛经、咒语或祝福词。见你是汉人，还会专业地说："阿弥陀佛保佑您！释迦牟尼佛保佑您！"很明显，他是要跟你乞讨财物或食物。在汉人或西方人眼中，竖起拇指通常是赞美对方的意思，但是在藏地就是在巴结你，譬如你在路边落难了，想搭便车，便可以使出这个恳求的手势。有时候会变成两个比拇指的动作上下串叠，意思是你这个人好上加好！非常好！其实，他们不一定是想跟你要钱，如果你身上有好东西，他们想借看或借用一下，都会这样开玩笑地请求。

喇嘛对你"比中指"的意思是？

对西方人和汉人而言，大家都知道"比中指"代表的是很猥亵的咒骂手语，但是在四川德格并不如此，他只不过在告诉你，他对某某事物的评价是"中等"，也就是普通、没特色、没有意见的意思。当你希望对方评价某个人或事物的好坏时，例如某某人的人品如何？这个东西好吃吗？这个电视节目好看吗？音乐好听吗？这时，五指就是他们的评分表。

竖起"拇指"，但是没有上下抖动，这不是乞求之意，而是代表最好、顶级的意思。把拇指尖指在食指上，这是二等的意思，但这等次并不常见。中指之后，依序便是四等，把拇指尖指在无名指上，这个算是安慰奖，就是对方给你面子，代表还可以接受或勉强接受之意。

最经典的就是比"小指"了——把拇指指甲尖端指到小指指甲尖端的地方，同时还得用斗鸡眼、咬牙切齿、下巴向前突地露出轻蔑的表情看着指尖，意思就

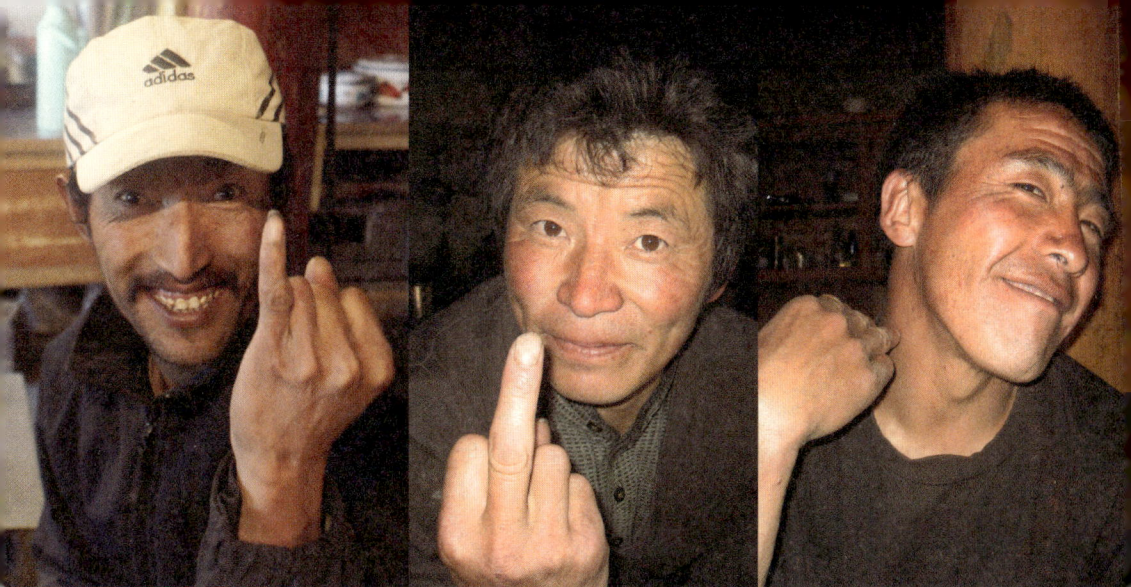

▲藏族人的肢体语言动作很简单，意思却和我们想的不太一样。（感谢宗萨藏医院的朋友们示范动作）

是连指甲里的渣渣都不如！其实比小指的动作还可以用在日常生活中，代表"需要一点点就够了"的意思，去借东西、买东西都可以用得上。或者用来自嘲，说自己只是微不足道的小人物，然后向对方比出大拇指。

两种必学的"手刀"

汉人常见的发誓语：不信的话，把我的头砍下来给你当椅子坐！这句真的在藏文化中鲜活地呈现了，而且是常见的手语。左右手皆可做：将自己的单手做出"手刀"状，举起来放在脖子旁边，往脖子前方向前腾空反砍出去，重点是：还要来回反复砍三遍，边砍边发誓，同时把眼睛瞪大！

个性硬朗的康巴汉子，不擅长说谎，所以发誓动作都相当猛烈，当然常是玩笑话，就算是假话或误会一场，也只是请吃东西笑笑罢了，并不会真的要对方立下天打雷劈、车祸、不得好死之类的毒誓。所以，反观藏族这样可爱的反手刀发誓动作，其实是最天真无邪的呢！

　　另外一种手刀动作的意义完全不同：手心平放，并向上微摆。这个动作对汉人与西方人来说，意味着乞讨东西，但在藏族是指"足够、停止"的意思。别人帮你倒茶时，你只要手心向上，就代表"够了！别倒了！谢谢"。或在寺院或学院各式各样的场合里，代表活动阶段性完成或圆满结束了，完全不需要说话，手只要轻轻一抬起，大家就知道意思了。

　　此外，双手手心向上摆，则有不同层面的意思。走路或开车经过藏族人朋友家，对方在门口或窗户前如果来不及打招呼，就会比出双手向上，代表"慢走""吉祥如意"，类似"献哈达"的动作。如果是到人家家里做客，这手势就是"请

▲这是学院的一位活佛学生与同学牵手的合影。他们很单纯地彼此握手聊天，甚至一同牵手逛街。这对已经习惯复杂人际关系的都市人而言，跟他们握手是最尴尬的体验。

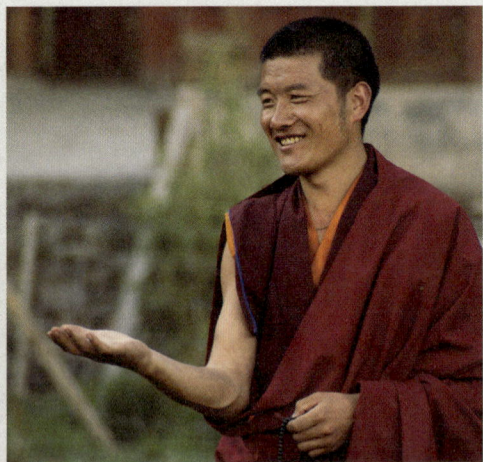

▲学院的堪布桑珠每次主持休假前夕的全校辩经时，都会比出这样的手势，代表时间到了，换下一组人出席或下课。平日的辩经并没有固定的下课时间，差不多快到下课时间时，大家就会远远盯着堪布有没有比出该手势。

坐""请用餐点"或"请喝茶"的意思；当你要离开时，这个动作又代表"请留步"的再见之意。这种手心向上摆的动作相当吉祥，可以说是最优雅的藏族手语，也是最知足与欢喜的动作。

了解以上手语的意思后，还有另外一种没有形式却极容易被现代人误解的动作——牵手与握手。这对某些政客或大老板而言，还是一门深奥且复杂的人际学问，但是在藏地可就大大不同了。

藏族同性握手、牵手不是GAY！

如果你到藏地旅游，一定会有这样的经验：热情的藏族人主动跟你握手，左手捂着你的双手，然后右手不停地在你的双手上慢慢地抚摸与拍打。不仅如此，当他带你去参观寺院或四周风景时，还会牵着你的手，前后摆呀摆……这个行为无关年纪，男女老幼都有。此时，你心里一定会怀疑，对方是不是同性恋，或者在对你性骚扰？

"女女"牵手倒还好，在汉人或海外世界都算是好姐妹的行为，但是"男男"牵手，而且还是喇嘛跟喇嘛牵手，甚至牵手的双方可能还是极为彪悍、满脸胡子的康巴汉子，你可能马上就会联想到周星驰电影里的"如花"。如果你有这样的不安症状，就表示你已经得了文明病了！

藏族人说话很直接，他若觉得你是好人，就会很热情地跟你握手，眼睛还会泛出一点点感动的闪闪泪光，看着你说："我们是好朋友！来！握手！"藏族人仍保有人类原始的感情，握手纯粹是友好的举动，并没有特别意图，绝不是特殊男女情愫的暗示行为。因此，来这里请放开分别心、猜忌心、胆怯心、暧昧心去同游吧！这是藏族人送给千里迢迢而来的你的第一份真心见面礼！

活佛喇嘛跟你握手，握出了什么来

当握手遇上"信仰"时，有心人士常常会因此发生化学变化。一般藏地的大活佛都很慈悲好客，所以有远来的客人，都会深深地握手致意。当然，受出家戒律的喇嘛因有戒律在身，多半不会公然或私下抓握女性的手。当藏传佛教开始传播到世界各地后，很多活佛也不得不学点汉语、普通话，以便到汉地、海外去弘法。由于上述的藏地民情习惯，一开始握手、牵手是很单纯的事，结果却容易产生男女之间的误会。

在此特别给年轻喇嘛一份真心的建议，既然藏族人希望汉族人或西方人到藏地要入境随俗，遵守藏族的淳朴习俗，那么当藏族人到已经文明复杂化的汉地、海外时，也要入境随俗，不能握手的就不要随便握。不同的文化是需要互相尊重的，一定要了解彼此的游戏规则。

看到这里，或许有人会想：既然在汉地不能搞暧昧，那去藏地假装自然、热情地握手，光明正大地袖里来袖里去，应该比较不会被外人发现吧？如果这样想，就太小看藏族人了。虽然握手对他们来说很自然，但心眼还是清清楚楚的，是真爱还是假爱，一眼就知道了，而且消息传得比八卦杂志还快，隔天整个村庄就知道你们的关系了。所以说，藏族人的握手和牵手，说简单也不是，说不简单也不是，在单纯的地方就跟白纸一样，一点点黑墨就会非常明显。无论如何，为了避免误会，女性朋友在汉地与喇嘛活佛相处时，还是保持距离为宜。

加持无价的摩顶与碰头礼

"摩顶"是世界各种宗教仪式中常见的共同肢体语言，天主教、基督教、道教等各种宗教，如法师、牧师、神父、道长等神职人员，都会使用这个加持的动作。你虔诚地双手合十，他用手摸着你的头，然后念上一段祷告经文或咒语。很多人可能就开始幻想头上有光，有一股温暖的力量注入脑海。各式各样的宗教意涵都有不同的诠释。当然，这是心诚则灵的行为，也是宗教徒常见的心灵慰藉，佛教也有这样的行为，只是藏传佛教更加丰富了类似的文化。在藏传佛教的摩顶文化里，并不限于只用手来摸。有时候会配合佛经仪轨的内容，而采用不同的法器来加持。如果是内行人，还得配合复杂的观想内容，在此则不多谈。

2004年宗萨仁波切回宗萨寺时，在山顶上举办了一个大型的长寿法会。由于人山人海，宗萨仁波切没办法用手去触摸到每一个人，只好以一根木棒来取代，前端绑上一条白布（哈达）作为给大家摩顶加持用的信物。有时候时间不够，仁波切会派一两位喇嘛帮忙加持。很多人会感觉很失望，因为不是直接被仁波切的手所加持。这样的分别观念不太好，因为加持是一种精神性的分享，而不在于实质的手。

尴尬的"摸"顶状况

在极度传统的藏族山区、牧区里，常会碰到这样的尴尬景象：老年藏族人看到跟着活佛喇嘛一起同行来访的汉人、西方人，会十分地虔诚恭敬，部分老年藏族人甚至会请求汉人或外国人摩顶加持。他会眼泛泪光，躬身行礼，口中不断念诵祈祷的话语，头部向前做请求的动作。通常汉人或西方人遇到此状况，都会不知所措，常会加以婉拒或直接逃离现场。

如果真的遇到"非摸不可"的情况该怎么办？这就跟佛教故事"老祖母把狗牙当成舍利子"一样：一位老

母亲希望儿子能带一颗佛舍利回来，结果儿子最后却用一颗狗牙来蒙骗母亲。但是不知情的母亲仍把它当成真的舍利子在拜，最后她居然真成佛了。因此你不用担心自己不够格为他们加持，在他们的心中，任何跟上师喇嘛同行而来的外人，都是菩萨的化身。你可以先向对方声明说自己并不是活佛，但此时是可以帮他摩顶加持的，轻轻摸一下或深切地摩顶都可，分享那份虔诚的力量，祈祷他老人家身体健康，合家平安！如此一来，皆大欢喜！他得到了乞求的加持，你也发了菩提心。

就我个人的经验，每次跟宗萨寺很多大喇嘛久违重逢时，那些资深的大喇嘛总是谦卑地拉着我的手，然后放到自己的头顶上做加持的动作，或把自己的头靠到我的双手上。当然，我都会觉得很不好意思，因为此举不但太抬举我了，还真是折损了我的福报呀！只不过总不能这样傻在那儿吧？像这种尴尬时刻，你也可以拉着对方的手来自己的头上加持，双方互相顶礼，法喜充满。

▼我所认识的活佛喇嘛中，白玉传承的扬唐仁波切碰头加持的感觉最令人印象深刻。尽管有几百位弟子排队等着请他加持，他永远都如初衷般祝福。

2004年，当我初次准备离开宗萨学院时，去跟堪布才旦道别。我很自然地弯腰，把头伸到他面前，请求堪布的摩顶加持。此时，堪布觉得我莫名其妙，直说他不是什么大喇嘛，没有什么加持的法力，不需要这样做。

有些活佛很热情大方，但是也有些喇嘛堪布很谦虚客气，这样又如何拿捏该不该握手，或可不可以请求加持呢？在第一次接触，知道对方的行事风格后，就可以比照办理了。譬如堪布不喜欢这样的举动，那就不要强求，应以尊重对方为优先。

在台湾与大陆的藏传佛教圈，很多人喜欢被喇嘛摩顶加持，但是大多数人都误解了，认为加持是一种光与能量的导引和传输。好像武侠小说写的那样，可以直接传送气给对方，甚至还会冒白烟！虽说这是心诚则灵的事，但不应该执着。正统的藏传佛教并不会混杂着东方道术、西方New Age（新世纪派）与灵修派的内容，应该小心谨慎。

从小就开始学的碰头礼

碰头礼又称为额礼、额头礼，顾名思义就是彼此用额头来碰撞行礼。这个动作在东方儒家文化下的汉人社会是很少见的，因为在儒家的标准里，这已经近乎夫妻间的亲密行为了。更何况是男人与男人之间的碰撞额头，更容易引发暧昧的误会，但是这在藏地是连小娃娃都会的事。

藏族人从小就教孩子碰头礼，每次看到小娃娃就会抱着他说："呀！忒吧吐！"（康巴口语：来！来碰头！）然后就把头靠过去，让小孩习惯这样的行为。等小孩稍大些，只要有客人来，家长就会跟他说："去！去跟叔叔碰个头！"然后称赞他"好乖哦"！长大后，自然而然的，碰头礼就成为自在热情的礼仪了。虽然藏族人的头顶不能乱摸，但碰头礼则是无伤大雅的。

碰头礼的动作很简单，看一次就会了。一般都会彼此双手互相抓拥，彼此的额头互相轻碰一下。如果是道别时刻，额头还可以多停留一会儿，互相说出祝福的话语。这个举动在久别重逢时也可以用，纯粹看双方的热情程度。

碰头礼常见于喇嘛与喇嘛之间，或藏族居士与居士等同身份之间。鲜少有女性向男性喇嘛行碰头礼的，除非对方是有相当地位的大德居士，活佛认为她比自己还尊贵，才会行礼。碰头礼跟摩顶加持不一样，并不是一种形式上的宗教加持动作，所以一般活佛喇嘛就算谦虚或自觉地位不够，也会乐意跟你行碰头礼，无论是相见欢还是离别的时刻。

见面时该不该行碰头礼，所把握的主要原则就是你和对方的关系要够熟识，才能行碰头礼。要不然，除非是对方主动把头靠上你的额头示意，或在盛大的法会上，你是位代表性人物，才会在第一次见面时就用上碰头礼。否则在一般情况下，自己不要主动，才不会造成尴尬。喇嘛不见得都热情活泼，有些可能很沉静、内向。如与指导闭关禅修的喇嘛或在学院教书的堪布见面，这时候只需要献上一条哈达即可。

▲洛热的两个小女儿正在跟小侄女行亲密的碰头礼。

碰头礼是互相争宠的最高加持大礼？

现在，有一些藏传佛教信徒总认为被喇嘛行碰头礼是很殊胜的加持，所以每次跟喇嘛师父道别时，都会主动请求行碰头礼。在旁人或新人眼里觉得那是"大弟子"才会有的VIP加持，其实这些都是错误的想法，把原本单纯的心灵加持，变成了加料的社交行为。无论是碰头礼或摩顶加持，都是喇嘛师父们自在、随缘的行为，所以只要保持平常心即可。

藏族的握手与摩顶，原本只有一种真心之意，我们却把它错分成八万四千种。

贝雅仁波切说，他印象最深刻的是小时候他给第二世宗萨仁波切写了一个字条，上面写着他想请求仁波切给他加持。第二世宗萨仁波切确吉罗卓也给他写了一个小字条，上面写着：亲爱的贝雅仁波切，加持不是一个礼物可以送来送去，当你的心打开时，它就在你的心里。你的信心有多大，加持就有多大。

——袁圆《宗萨的味道》

▶这是某一次老堪布与堪布才旦在学院旁的公园休息时，两位堪布特别双掌合一的珍贵镜头。都市人握手是加法的学问，握手愈多愈复杂。藏族人握手则是减法的哲学，我加你的手也等于一只手。

第20话

雪域环保救地球

地上为何没有佛菩萨的环保问题

万一世界末日，藏地真的是最后的庇护所吗？

2009年底，有一部以世界末日为题材的电影《2012》，宣传海报里是一位站着的喇嘛背影，电影认为西藏某处是最后的避难所，大家都想搬到西藏去。然而，2010年4月，不幸发生了青海玉树大地震。实际上，从2008年到2009年这段时间，藏区各地已经发生多起旱灾与雪灾。其实，藏地深埋着诸多被忽视的环保危机，是大部分游客看不见的。

地上没有佛菩萨？

大部分藏族人在煮饭时，喜欢用藏族工艺打造的黑铁大炉灶。这种炉灶除了用来煮饭，还有另外一个好处是有根烟囱可以直通屋顶，藏族人可借由焚烧草木香料来供养天上的诸神佛。烟囱会慢慢吐出白色的烟直达天际，这是他们每月例行的常态宗教供养活动。

有一次，我把吃完的泡面垃圾随手丢到炉灶里去烧。现场的一位中年喇嘛吓坏了，立刻跑过去把垃圾拿出来，并告诉我："这种垃圾不能在这里烧！这是煮饭和供佛用的，你烧了这种东西，臭烟就会烧到天上去！垃圾可以直接丢到路边的山沟里，大家都是这么做的！"我很纳闷地反问他："为何能乱丢在山沟里？请问，佛菩萨一定都在天上吗？"他居然理直气壮地一口咬定："对！没错！"于是我又指着地板问："那么，'地上'就没有佛菩萨了吗？"他又狠狠地说："没有！"（我傻了一下，他自己也愣住了）过了几秒钟，他表情尴尬地说："嗯……地上应该也有佛菩萨。"后来不知道这事是怎么传开的，大家就习惯直接把小垃圾丢进炉灶里去烧了。

这个插曲深深点出了藏传佛教文化盲点下的环保问题。2000年后，各大藏族自治州基本上都已经开通了公路，一些大城镇甚至还开通了铁路和飞机。因为有了现代化商店，塑料包装的食品和日用品大量充斥藏地各处，导致垃圾增加。

由于藏族人认为烧垃圾所产生的烟对诸佛山神不敬，所以多半都是用土掩埋或随意风化，或者直接就把垃圾倒到河里去。以宗萨学院为例，每个人的房间会有一个垃圾桶兼馊水桶，塑料类垃圾、脏水通通倒进这个水桶里。因为学院靠近河边，所以每天有几百名师生的厨余垃圾被倒进河中。喇嘛们还特地在河边装了一块斜坡木板，好在倒垃圾时能顺便喂食野狗和野鸟。此举虽然很贴心，但是他们没想到，食物中混杂着洗洁精等化学有害物质，反而会伤害那些动物。不过，因为几乎没见到有动物因此而暴毙，所以没有人去质疑和否定这种处理垃圾的方式是错误的。

藏族人或许单纯地认为垃圾倾倒在山沟、河水中，就算是尘归尘、土归土。更何况藏地山川河水那么广阔，一些垃圾并不足以掩盖雪域的美丽。他们不知道，那些塑料垃圾得花上五十至一百年的时间才能分解，所幸这样的遗憾到2008年终于有了改善。

在说垃圾处理之前，其实宗萨藏医院的NGO组织玉妥云丹贡波医疗中心（以下简称YYMA），早已着手进行野生动物保育工作。这项工作要成功，秘诀在于活佛喇嘛们的宗教力量。2004年至2007年间，堪布彭

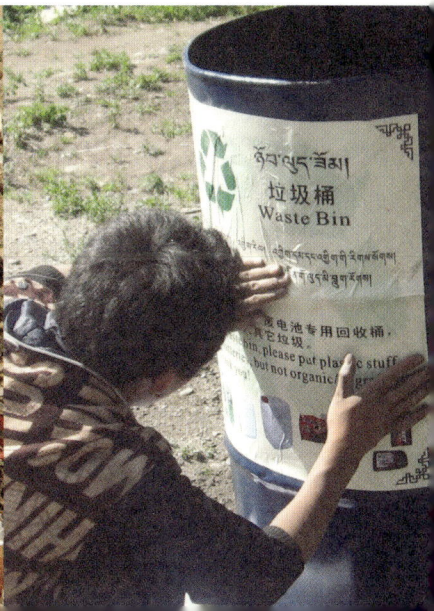

▼藏地的牦牛在垃圾堆中找食物。
尽管垃圾桶上贴着分类项目的标语，但是当地的大部分藏族人都不管那么多，认为垃圾分类回收是官方要做的事。

措朗加与洛热等当地的资深大德们，一起推行了"拒用烟酒与捕猎保育类野生动物"运动。从那之后，当地居民再也没穿过用野生动物毛皮制成的藏袍衣饰了。2008年，堪布才旦又推行麦宿地区"禁卖烟酒"运动。基于对佛法的虔诚信仰，绝大多数藏族人都在堪布喇嘛面前发誓不再贩卖烟酒。所以，如果您是有烟酒瘾的人，来麦宿地区可就难过了。

那一年，YYMA还紧接着做回收藏地的"白色垃圾"（指的是可回收的塑料类垃圾）工作。当地人都很配合，甚至发动了当地史上第一遭"扫山"行动！只扫了一天就装满了五辆大卡车的垃圾，这些卡车是大家自掏腰包租来的。问题是，藏区并没有天天行驶的垃圾车与回收单位，这些日积月累的垃圾该何去何从呢？虽然这次的活动意义非凡，但是藏族人似乎还没有办法接受捡垃圾这样的观念，一些潜藏的心理问题与错误观念正逐渐浮出水面。

烧！学院祭出新的垃圾处理校规

继扫山行动之后，麦宿地区各大路口与景点出现了"公共垃圾回收桶"。藏族人以为摆个垃圾桶，垃圾就会自动消失。结果不到半年，垃圾桶成了当地的狗与牛的美食藏宝箱，它们把垃圾桶推倒，垃圾就散落一地。仔细往垃圾桶里一瞧，里面根本不是回收类垃圾，而是什么都丢进来。由于人力资源与经费有限，能送到外地有回收服务的相关单位的次数很少，所以只要垃圾一满，当地藏族人又按照以前的习惯，全都倒进河里和山沟，垃圾桶便形同虚设。负责人噶布老师说这样的工作量与经费太高，他们暂时无法消化当地人与游客制造的垃圾。

当然，堪布们并不是麻木不仁，看到乱倒垃圾的情况也觉得很心痛，所以就制定了学院的新规定：学院师生们所有的垃圾要存放在自己房间里，藏历十五与三十休假日才能拿出来集中焚烧处理。在校园内设立瓶罐类回收处，由

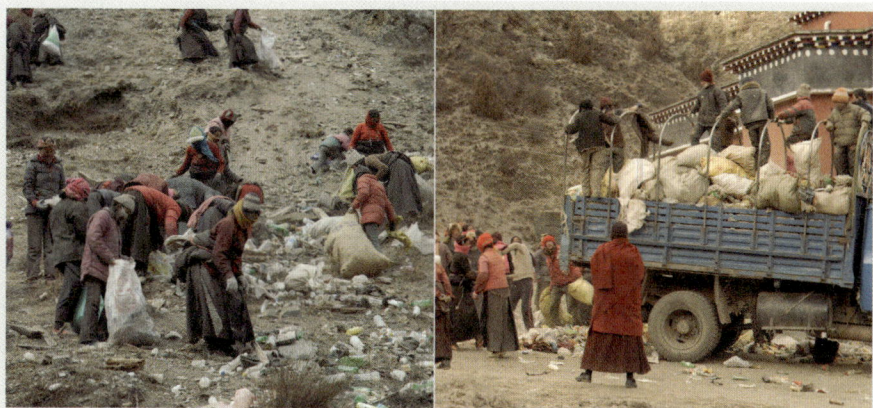

▲2008年，噶布老师率领当地藏族人进行了当地史上第一次地毯式净山行动，光是宗萨寺周围几公里内的垃圾，就装满了五辆大卡车！

院方出资载送至相关单位处理。这项规定有个好处：如果怕房间内囤积太多垃圾会产生臭味和蝇虫，就会自动减少垃圾量。

缺点是在河边焚烧垃圾好像不是合法的方式，因为会残留有害物质，但这也是没有办法的事。没钱请垃圾车与回收车（汉藏来回处理的车资费用达数千元，一年下来是笔相当不小的数目），又不能丢到山沟、河里，就只能这样做了。

学院铁棒喇嘛被乞丐耻笑的丢脸事件

为了配合新校规，堪布每个月至少会花一天时间做全校大扫除，打扫学院内外的环境。其中一位铁棒喇嘛也自告奋勇兼任这个环保大使的工作，因为学院周边的水沟累积了太多垃圾，所以他决定牺牲休假日来处理。

但是总不能自己一人苦干吧？当他想找人一起帮忙时，问题就来了。

难得的休假日（半个月才休半天），谁会愿意去劳动呢？找了半天，勉强找到一个小喇嘛，又刚好遇上了每天都在学院门口乞讨要钱的"阿波玛"老婆婆跟她的孙子。铁棒喇嘛希望"阿波玛"祖孙俩可以来帮忙捡垃圾，喇嘛还自掏腰包说可以给他们二十元工资。"不要！不要！我才不要！"祖孙俩一脸厌恶地回绝了。二十元！还是打死都不要！被以行乞为生的"阿波玛"拒绝，是多大的耻辱呀！铁棒喇嘛只好忍气吞声，和一个小喇嘛捡了一下午垃圾。许多路过的藏族人和喇嘛都对他们指指点点："你看看，学院的管家喇嘛居然在捡垃圾，好丢脸哦！""学院的喇嘛都没事做吗？都不用念书吗？怎么整天都在捡垃圾？"这样的话语很快就传遍了麦宿地区……

我把这件事告诉了堪布，过了几天，堪布便在户外的大众佛法开示场合中，公开表扬那位铁棒喇嘛的善举，也顺便鼓励大家要多多学习做环保。但是大家似乎不太领情，私下批评那位喇嘛在作秀，说他也才捡一两次就不捡了。迫于舆论压力，那位铁棒喇嘛后来也不敢再捡了，水沟里的垃圾又满了。归根结底，大部分传统藏族人都把"捡垃圾"视为比乞丐行乞还不如的肮脏低俗之事，更认为喇嘛的身份是高贵无比的，不应该做这种下贱的工作。要花时间捡垃圾，还不如去庙里念经修行，或转转佛塔与经轮。

难道佛法里没有教环保吗

喇嘛一直都是藏族人信仰的中心，喇嘛说什么，他们就信什么、做什么。这样的宗教力量，在拒用烟酒、野生动物毛皮等奢侈品时还蛮有用的，但是在垃圾处理上却难以撼动几千年不变的保守观念。藏族人认为喇嘛不该捡垃圾，也不认为捡垃圾跟修行有什么关系。真的是佛法不对吗？佛法没有说环境保护的事吗？

　　洛热老师为了用佛法教育藏族人，翻阅了佛经《甘珠尔》一〇三卷。从1983年开始，他常常趁每年当地的转山祈福法会时如此宣传：

　　　　你们身体好吗？佛祖说世间万物都是有联系的，世界是地、水、火、风、空组成的情器世界。如果这五个元素很均匀，世界就会很和平，所有生命包括你也是由这五个元素组成的，地就是骨头，水就是血液，火是你的温度，风是你的呼吸，空是什么呢？是你的心啊！

　　　　想一想，如果缺一样，你的身体就不行了，死

▼2004年8月，宗萨仁波切、堪布彭措朗加与洛热老师在宗萨寺旁的神山上灌顶前，先向当场的几千位民众倡导环保观念。

掉了。如果均匀，人就会长命。大自然的元素不均匀，身体元素也会相应变化，对我们身体也是不好的啊！

树木少了水，就无法生长，山上没有树，田里就长不出麦子，就像骨头少了，造的血就少了，所以要保护大自然，也是保护你们自己。

我们佛教徒要累积福慧两种资粮，福就要像母亲爱独子般帮助一切众生，不忍独子陷溺火坑般不伤众生。

大家知道，为什么要保护神山吗？大家看看自己的身体，身体有些部位不怕打，有些却特别脆弱与重要，如脸上的眼睛，你的心口，你的鼻子。

佛祖们认定神山，是因为神山也是世界这个身体重要的部位，好比是世界的眼睛。如果一座神山破坏了，会对其他神山产生影响，最后会对世界产生坏的影响，不仅伤害藏族人，也伤害全世界的众生。这可是佛经里的话啊！

关于上述这些垃圾问题，仅仅是以德格县麦宿地区为例。藏地的环保组织目前并不多，相信还有更多地方没有落实。此外，据一位在印度留学的朋友说，印度大多数藏族聚居地都禁用塑料袋，达兰萨拉也全面禁用塑料袋，但是只能以麻布袋与纸袋代替，而且垃圾也没有分类，这样一来，相关的配套措施也未能完善。看来，环保问题似乎是世界各角落共同的难题。

无论如何，只能从我们自己尽力做起，如果你到藏地或非都市区旅游，别忘了把这些环保观念分享给他们。行李内如有塑料类产品，也尽可能地把外包装拆开处理与回收后，再裸装带入。特别是送藏族人的礼品，只需要用象征吉祥的白色哈达包覆后赠送即可，完全不需要外包装袋，这样也可省下你的行李空间。如果只是几天的旅游，尽量压缩那些垃圾，别留在当地，自己带到大城

镇来丢弃与回收。虽然这样做有点难度，但全看你自己
的良心喽！如果你想继续拍到更美的雪域风景照片，就
应该负起一点点责任。

　　佛菩萨，不在地上，也没在天上，而在心里，
心在哪儿，佛菩萨就在哪儿。既然佛菩萨在你心
里，那外在全世界的事就绝对跟你有关。

第21话

藏族送礼指南

内行人才知道的送礼心得

汉人送礼的禁忌,
有时候却是藏族人的最爱?

重情义的汉人拜访朋友时，总是免不了带上一份好礼。我在宗萨寺期间，常常看到很多外来的客人开心地送东西给藏族人后，藏族人私下却不知道该怎么处理这些礼物，最后只好转送给我。因为送的不是他们需要的东西，不然就是他们不知道那东西有何用处。宗萨寺与学院的藏族人多半来自各大藏族自治州，有拉萨人、安多人，也有德格人与玉树人等，可以说是各藏地社会的缩影。因此，以下我想分享各层面的送礼经验，可信度应该还算高，大家不妨参考看看。

"激喷？" 尽量别送藏族人这些东西！

送对礼物的快速方法之一，就是先排除"不该送"的。"激喷（Ji Pen）"是很常听到的康巴藏语，意思是"有何用""有何好处"，或否定对方时的反话："有啥用？"（根本没用！没好处！）到底哪些东西是不建议送给藏族朋友的礼物呢？

最不受欢迎的就是"外来食品与药品"和"宗教创意品"。藏族人常常拿着这些东西跑来问我："这个是治什么的药？"过了一个月后，我在另外一位老年藏族人那边又看到那瓶药，他说："这是某某朋友给的，说吃了对身体有帮助，所以我每天吃很多颗。"因为药有糖衣，他就拿来当做糖果吃了。虽然会讲普通话的藏族人很多，但是能看得懂中英文的藏族人仍有限。

此外，自己家乡的名产应该是最有特色的吧！为何不要送呢？2007年时，我曾经从藏族人手上收过2004年的北京烤鸭、2003年的茶叶与2005年的江西腊鸭和蜂蜜等过期食品。这里因为气候干燥，食物不易腐坏，所以藏族人往往会觉得那些有包装的食物应该都可以长年保存。再加上传统藏族的饮食习惯非常保守，虽然不敢吃，但是又舍不得丢掉，所以多半会再转送给外来的客人。

其他还有营养品与进口的高档婴儿奶粉，外地人好像老是认为这里是个鸟不生蛋的荒地一样。其实别说藏地各处近年来的交通发达了，且那些进口补品

▲这是我的好友托我代送给藏族喇嘛朋友的礼物——以青海玉树的格萨尔王铜像为造型的公仔。我觉得蛮可爱的，但是藏族人似乎不喜欢，甚至还认为亵渎了神明。包括我从台湾带过去的各种可爱的公仔，也落到同样的下场。

再怎样高档，也远远比不上雪山上的鲜牛奶与母乳吧？而且，藏族人长大后几乎都成了比你还高壮、还美丽的康巴汉子与姑娘。只要符合当地的传统饮食习惯，其实都没有营养不良的问题，除非对方有特殊疾病，否则不需要送那些额外的药品或营养品。

说完了吃的，再来说宗教创意品。

现代人喜欢发明新的宗教商品，譬如台湾会把"妈祖"做成可爱的娃娃与公仔，或把这些神佛做成个性化的周边商品。例如某一年，台湾友人委托我带两个西藏格萨尔王的原创小公仔（格萨尔王的名气就好比汉人的关公），造型十分可爱。结果我拿到藏地后，被当地人说成是"鬼像"，叫我快拿去烧掉，或丢进垃圾桶！还有一些商场超市送的公仔，也是同样的下场。可见，一般传统藏族人无法理解现代人自以为是的"可爱"。

2010年，有一家国外名鞋品牌把藏传佛教的佛像、咒语和喇嘛等神圣图腾印在鞋面上来贩卖，引发藏族人的强烈不满。虽然厂商是无心之过，却犯了藏族人的大忌。因此如果你到传统藏地旅游，不要使用印有佛教相关图案的衣物、杯子、鞋子、头巾及其他日用品等，因为这些是属于个人卫生的相关产品，很容易弄脏，而且容易随地摆置而造成不敬。因此切记勿送这类礼品，如果想送，可以送活佛的胸章、项链、月历等纯装饰性的礼品。

跟汉人送礼习惯相反的好礼物

排行第一名的就是照片类纪念品。如果您只有几百元预算，用来供养或买食物，可能一下子就用完了，但是若送上一张珍贵的照片，他们便会好好地收在相册里，甚至框起来，或直接供奉在佛堂里，世世代代相传！您可以把上次在藏地拍摄的藏族生活照片、合影照片加洗出来回赠给他们。如果上面印的是藏族人心中的活佛师父，那就更无价了！倘若预算够，还可以做成胸章、照片桌历、相册、相框等相关产品。

送礼的第二选择就是送鞋。在汉人的文化里，认为送鞋代表要跟对方分手、送行、逃跑等尴尬之意，但是在此地恰恰相反。像凉鞋、皮鞋、登山鞋或雪靴等，只要是耐穿好看的鞋，藏族人都很喜爱。他们也很爱拖鞋（懒人鞋或园丁鞋）。喇嘛们每天进出佛堂，手中要拿很多东西，如经书、课本或法器，不太方便蹲下来穿鞋，因为裙尾会弄脏。因此除了出远门之外，藏族人日常生活都喜欢穿拖鞋（非夹脚的），这可是内行人才知道的好礼哦！

再就是实用的生活日用品。现在都市的百货商场里，都有各式各样的日用品，对汉人而言是很普通的东西，觉得用来送礼或许有失身份。但是在中国台湾和日本才有的这些创意商品，在藏地的市场里是不太容易买到的。其中最受欢迎的是美容

▶学院有位喇嘛把自己的
皮鞋改造成了凉鞋。

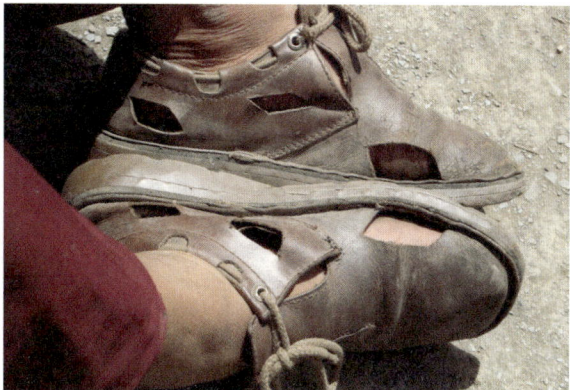

美发用品。县城以外的偏远藏地并没有理发店或美容院，
因此像电动理发器、刮胡刀、吹风机与美发器材，都是最
实用的礼物。其他像针线组合随身包、小钱包、万用工具
刀、掏耳棒、指甲刀等修容用品，藏族人会把这些小工具
跟钥匙圈结在一起，使用率很高。至于背包、暖炉、省电
LED灯、太阳能商品等登山用品，也是藏族人很喜欢的礼
物。还有可以快速磨切黄瓜、萝卜的新型小厨具，东西虽
小却很实用，多送几次也无所谓，因为他们常会弄丢。

　　送给学生与喇嘛师长的礼物，钢笔是最合适的。
钢笔在汉人世界似乎只有大老板和作家会用，但是在藏
地可是每天写字都用得到，因为钢笔或画漫画用的蘸水
笔，是写藏文书法的必备工具。如果要送蘸水笔，记得
附上各种大小款式的笔头。如果要送礼物给儿童，一般
汉地小孩喜欢的造型多、功能多的学习用品，他们也都
很喜欢。

穿的尺寸要大，颜色要够花

我记得第一次买冬天的喇嘛外套时，藏族人教我说衣服一定要大才好！特别是冬天长袖的衣服，当你穿上后，把双手向前一伸，袖口一定要盖过手背以上，这样手部才容易御寒。当你要送礼时，按照汉人的标准再大上一两号就对了。其他还有毛衣、围巾、手套、袜子与防寒风衣等都很适合用来送礼，我每年都会送几件毛衣给好友。

除了衣服之外，也可以送假花与花纹类的手工饰品。藏族人很重视装饰，因此无论是在佛堂或自己家里，都会买很多假花来布置，而且颜色愈鲜艳、花朵愈大愈好。如果有迷你型盆栽当然也不错，刚好可以让他们供奉在小佛堂内。其他如供佛用的新型LED莲花灯与各种绚丽的造型佛灯，在台湾的佛具店很容易买到，却是藏族人有钱也买不到的梦幻逸品。各类手工饰品，如手机吊饰、手环、钥匙圈、DIY立体贴纸等，也十分符合藏族的装饰文化。如果能在上面加上对方姓名的拼音，就更贴心了。

在藏族人眼里，除了喇嘛衣服之外，花色比素色好。因为藏装都是素色的，所以可以搭配花色的上衣与配件。此外也有宗教信仰的因素，如果当地是信奉萨迦派，他们寺院的围墙就是白、红、黑（藏青）三色，所以跟这三色相关的用品都是比较吉祥的。

其实并不一定每次往来都要送礼。接下来我想分享的是在跟宗萨的藏族人相处时，常会发生一些很贴心的经验或送礼的新观念，有些真心大礼是用钱也买不到的。

宗萨三位大堪布的收礼之道

说到送礼的难度，宗萨寺的老大们最难送。老堪布的房间除了佛龛之外，桌上只有一个闹钟，桌下有个电动刮胡刀与理发器，还有手上戴着一块他的学长十几年前送给他的手表，此外则完全没有任何收藏品。人家送什么给他，他转手就送人。如果送的是贵重大礼，他就托人变卖成现金，把钱捐给有需要的人。据了解，老堪布这辈子一共捐了大约一百万元人民币给宗萨学院。

老堪布的大弟子堪布彭措朗加，对收礼的态度更是一绝。他拿到不需要的礼物时，马上就会当面回绝，不让你有台阶下，或收下你的礼物后，故意在你面前转手把礼物送给别人，那个人甚至可能是你最讨厌的师兄师姐。当弟子感到气愤又纳闷时，堪布就会说："送给我就已经是我的了，我再送给别人，这样有错吗？"

又有一次，某位弟子从北京带来一把全透明的刀，当弟子正兴奋地想介绍这把刀有多新颖时，堪布却纳闷地对他说："透明的刀比较好吗？不是一样都能切东西？"那位弟子当场傻住。我们总觉得这样的行为很过分，但是堪布常常会拿此作为修行上的教育机会，让弟子们知道你送的是自己"面子"上的执着，既然送给对方还要管对方怎么用，那就不是真心无私的礼物了。

此外，他也认为有些礼物是可以共享的，并不一定要归谁所有。

> 堪布带我去转附近的白塔，周围有很多玛尼石，上面刻着经文或佛像。我特别喜欢一块刻着"大日如来"的佛像，我问堪布："可以拿走吗？"堪布说："可以。"他问我："用它做什么呢？"我说："放在家里摆着。"堪布说："这样啊，放在家里只有几个人看到，放在这里会有很多人看到，不是更好吗？"我听后非常惭愧。
>
> ——袁圆《宗萨的味道》

老黑堪布的礼物也相当难送，但是有一样礼物他一定会很乐意收下：牙签！堪布认为，牙签很便宜且每天三餐都能用到，又是用木头做成的，不会污染环境。堪布喜欢在饭后叼根牙签，在屋顶散步。原本长相就已经够凶了，这下子又像多了獠牙的样子，大家都闪得远远的。除此之外，因电脑周边产品对电脑班工作有帮助，所以他也收，但他对其他礼物都不太感兴趣，会先客气地收下，然后再转送给学生。

老黑堪布在巡视电脑班学生工作时，会顺便拍拍他们的肩膀，帮他们打打气。他自己并没有什么需求，但是会默默地关心学生所欠缺的。记得我第一次要在当地过冬时，因为还没来得及准备冬天用的喇嘛"保暖毛内裙"（因为里面不能穿内裤，所以内裙一定要穿有毛的，这样才能御寒），但布料并不是那么容易买到。堪布得知我的难题后，并没有表示什么意见，到了隔周却私下送我一件全新的，我当时真是感动得不知该说什么。

又有一次我准备离开宗萨时，他知道我的旅费不够，当天送别时，突然拿出了一千元人民币要我路上留着备用（他把钞票夹在书本里，显然是特意准备好的）。我还担心这是上师给的，意义非凡，我拿了不好意思乱花吧，堪布笑说："你想得太多了！路上拿去吃香的喝辣的都随便你！"当我下次再回来，正准备给他献上哈达时，他却拒收，认为自家人做这事太多此一举了。他认为，我根本就没离开过，何须如此多礼。或许，信任就是堪布常常送给我们的大礼吧！

洛热老师送我万用的糌粑与酥油

我记得第一次离开宗萨前，主动开口向洛热老师请求一份礼物。但这不是我自己要的，而是台湾有位朋友托我帮忙找一套藏文版《四部医典》的传统经书。洛热老师听了之后二话不说就答应了，他从藏经阁里搬出一套由德格印经院印制的老版本给我。我一看，惊讶地说："哇！这……这简直是古董，这么贵重，您不需要了吗？"他笑笑说没关系，要我尽管拿走。藏族人这种洒脱自在的"舍得"，真是令我难忘。

另外又有一次中秋节前夕，我住在洛热老师家。我问他："明天是中秋节，你们藏族也过中秋吗？"他摇头用哄小孩子的语气说："没有——没有——没有！"我又不甘心地问："可是我想吃月饼，怎么办？这里有月饼吗？"他竟意外地向我保证说："有！有！有！""真的假的？藏族人不过中秋节，怎么会有月饼呢？”我就等着他明天会上什么菜！

隔天中午，他真的请师母做了“藏式月饼”，就是他们常吃的烤饼，是一种跟脸一样大的烧饼。洛热老师要我抹上酥油，加上白糖，然后跟吃糌粑一样，用手揉一揉，混在一起，就是藏地最好吃的月饼了。这……根本就是常见的藏餐，好吃是好吃，但是有种被骗的感觉。洛热老师看我的表情很尴尬，一直大笑！

我吃了几口，在他自在的笑声中，脑中浮现出藏族版生日蛋糕、粽子、年糕……“啊！”我当下才突然明白，藏地对佳节的定义在“心”，而不是食物本身。一样简单的糌粑、酥油茶、牛奶，可以变化成任何国度、任何民族的节日大餐。无论你身在何处，心是什么，都可以享用任何食物。那一天，是我这辈子第一次吃到“真正”的月饼。

藏族人从不期望你送他多么贵重的外来礼品，只要把你的心打开，全然接受对方的文化，乐在其中就是最好的礼物。

▶这就是当时洛热老师特地为我准备的藏式中秋月饼（用当地面粉加上酥油）。我不禁想道：“只要有心，人人都可以是食神！”

第22话
乐在无名
藏族人的无名精神

雪域最美的笑容，不需要名字。

通常翻开自己的书本、照片、作品……只要属于自己的东西，多半都会署名。在乐捐行善时，也习惯在功德簿上留名；参加任何活动，一定都要报上自己的名字；学习榜单上也要力争前茅。总而言之，在现代文明社会里，名字就是身份与地位的象征，但就在你已认同名字等同于自我存在的同时，一定不知道有个地方是以无名为乐。他们生也无名、活也无名、功也无名、死也无名……

生也无名

藏族人的名字，说有也算没有，因为相似度极高。就以藏名"扎西"为例，你在藏地任何一个地方大喊，一定会有N个藏族人以为你在叫他或他的朋友。藏族人的名字多半包含着佛菩萨的名号，如"桑杰"是佛、"拉姆"是天女，再结合自然万物如太阳、月亮、天空、莲花等吉祥词，就能配对成好的藏名。正因为它们都是诸佛菩萨的名字与天地万物的组合，因此不能用菜市场名来做比拟，否则会十分低俗且不敬。

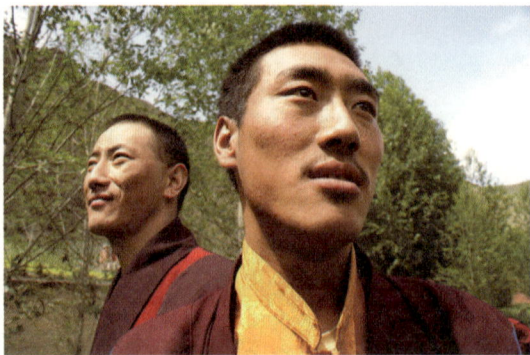

◀只要你真心叫声"喇嘛拉"，他们都很乐意对你回眸一笑哦！

万一遇上同名怎么办？一般都会先以家族、家乡与寺院之名来另取别名，例如"拉萨"多杰或"青海"多杰。如果又同乡镇的话，就以家族名为准，如果是喇嘛就冠上寺院名，如"宗萨"多杰；再不行的话，就以年纪老少或体型来区分"大"多杰与"小"多杰。总之，无论再怎么雷同，他们都有办法为君一一分别。

对他们而言，名字没有好坏的区分，只是个方便代号。"文殊菩萨你好！""吉祥三宝你好！"呼喊对方名字就等于在念佛号。

活也无名

在传统藏地，无论是宗教法会或婚丧喜庆等聚会活动，并不会发广告单，都是随喜参加，不需要事先报名，现场也不需要签到。但是基于礼貌，通常藏族人都会携带几条洁白的哈达献给主人。除非有使用纸笔记录的必要，否则一般藏族人都是以哈达作为传情达意的工具，不需要签名与登记。哈达就像藏族人共同的名片，一条万事皆可达。

一般在寺院与学院上课不会点名，点名是管家喇嘛私下默默进行的。上课时不会一一唱名，堪布老师都很清楚学生的状况，因此几乎没有逃学的学生。

除了一些比较正规的教师（堪布、格西）资格考试外，以宗萨学院为例，一般在日常考试上也不会排名次。堪布不会要求你的成绩好坏，但是会要求你乖乖念书。当一天和尚撞一天钟，为了加深学习，留级不是丢脸的事，而且还是常态。文凭不是学习的目标，而是为了理解甚深无上的佛法。

我们习惯在自己创作的艺术作品上签名、落款，以兹证明版权。藏地主要的工艺（工巧明）都是以诸佛菩萨为题材，各材质的佛像、唐卡、佛经印刷、建筑与家具雕刻等，都要避免签名，因为签名就象征自我的傲慢，最多是在不明显的地方稍微注记而已。

除此之外，一般日用品也不签名。之前提到藏族人的名字多半是佛菩萨的名字，所以不可以随意签名。衣服、裤袜、经书、文具、碗筷、杯具等衣食住行用品，都尽量不要签名为好。譬如坐垫，总不能把佛菩萨之名坐在自己的臀下吧？而课本经书都是佛菩萨之语，不能随意签名或记笔记，以示庄严。佛经以外的物品，他们会用一些简单的几何图形来做记号。像喇嘛们因为每天都要使用夜壶，白天上课时，大家去厕所倾倒后会先摆在路边，等下课后再顺手带回房里。这时，一堆夜壶放在一起便很容易拿错，但是又不能签名，所以大家就会绑上非红黄色系的布条或绳子，或者在上头画个圈圈做记号。其他物品也是同样的方式，只是稍做区别而已。

功也无名

他们不只生活无名，连追求梦想也是无名。对忙碌于家庭、学业、工作的现代人而言，能在生命中抽出一段空当出去旅行，实现梦想，是件很难得的大事。一个人去藏地旅行一百天，或骑单车绕雪山，如果是宗教信徒，可能还会举办一些盛典或短期闭关修行，之后各家电视台、报章杂志就会专题介绍作者难得的辛苦心路历程。因为在这样盲、忙、茫的时代里，这般举动就已经是很牛的大事了。无论如何，能够勇敢踏出这一步的人已经很值得嘉奖。但是你大概没想到，这样的壮举在藏族人眼里只是小事一桩，因为很多藏族人是以这样的无名修行而乐此不疲的。

大家都知道转山、大礼拜等方式的朝圣行吧？有些藏族人变卖所有家产，把日用品放在一辆手拉拖车上，一人护持这些维持生活的物品，沿路不畏任何艰难磕头礼拜。他们没有时间表，没有多余的金钱，一路上多半只能靠乞食。他们转遍了千山万水，经过了无数地方，心里只有一个目标，可能是拉萨，也可能是他心中的某个圣地，然后便义无反顾地一心一意朝拜到底，从半年到一辈子都愿意。

他们转遍千山万水，转的不是权贵山谷，也不是名利江河，而是自己心中的佛菩萨。

路途上，他们经历了无尽的痛苦、恐惧、饥饿等苦难的洗礼。他们修的不是功名，而是内心的平静与最终的佛土，宛如河水奔向大海，路上的风景、花草沙石都只是生命中的过客。没有人知道他们的名字，抵达终点后也没有留下名字，没有将经历拿去给杂志或佛教刊物投稿，也没有留下照片或日记。这样的勇气在藏地比比皆是，可以说是无名精神的最高典范。

当我们到寺院点酥油灯、光明灯或捐善款时，会匿名行善的人毕竟是少数，但是在藏地处处可见。多数汉人在点灯时，要用红字条贴在酥油灯上，写上回向的大名，或者干脆用一张大红纸或黄纸来制作功德名录海报，而且还要写上供养的金额，深信这样的善业比较有具体的福报。

藏地的点灯没有立名，参拜各大藏地寺院时，你只须买一包酥油，带上汤匙，在寺院里的酥油灯里，挖上几匙酥油添进去。如果没带，可以向管家喇嘛说一声，费用随喜，甚至只要一条哈达或虔诚的礼拜，管家都会乐意为你免费点上一盏灯。在宗萨学院，课程圆满结束时，喇嘛同学们会随喜供养要制作酥油灯的费用，没有规定每人要捐多少，一元也可以，一百元也行，甚至无偿功德回向随喜都可以，无须留名，功德共明。

在藏地传统寺院的法事活动中，没有所谓的功德主名单、榜单。需要做回向的委托人，到管家喇嘛那里登记，或写张字条。字条不需要很复杂，只须写上名字、供养多少钱、欲委托修的法（如六字大明咒或药师经）与回向的对象，也可以委托朋友代书，只需要跟管家说清楚即可。在法会进行期间的休息时段，管家喇嘛会从手上的一堆字条中，对着僧俗大众，一一念出每位功德主的名字与祈祷文内容。因为藏名同名的情况很多，众多同名的功德主名字会不断反复出现，像我的藏名"达瓦策令"，在学院每天会出现两至三次。大家丝毫不在意你我，因为随喜也是一份共同的功德。

通常我们会将功德主名单记录存盘，甚至是印刷公布，但是藏族人反其道而行，立即揉掉作废。外来的汉人看了，心里大概会揪一下，想：怎么把我的功德揉掉了？揉掉后会火化或另外回收处理，反正不会建档留存就是了。因为他们认为功德文已经宣告完毕了，无量的功德也已经产生了，这些名单留下来只会带来执着。藏族人相信每一份小小随喜的力量，都会和大家一同分享这份祝福。

死也无名

不但活着的藏族人不在意名字，就连往生的人也不例外。你大概听过闻名全世界的"天葬"文化，但是很少知道藏族也有塔葬和土葬等丧葬方式。藏地的佛塔十分常见，无论是纪念佛陀的八大佛塔，还是高僧大德留下的舍利塔，都未曾在塔的外表上留名。他们以身作则的风范，深深影响了藏族人的生死文化。

一般藏族人的坟墓也是无名的。当你旅游到藏地山上或路边时，应该会看到很多刻着称为"玛尼堆"（六字大明咒）的佛教咒语石牌堆。仔细分辨一下，如果不是一堆聚在一块儿的，有些就可能是墓碑，因为它们和玛尼堆一样，都是刻着六字大明咒的石牌。

区别的方法就是，玛尼石堆会盖成"∏"字形，其次就是底下可能会多一块象征超越时空的"时轮金刚"咒字牌。藏族人认为，如果在墓碑上刻自己的名字，就只有自家人能来祭拜祈福，如果大家都放上观音菩萨的佛牌，就可以加持到每位路人，让大家都可以得到祝福，这样不是更好吗？藏族人不立祖先牌位，他们认为

▶藏族人的墓碑用六字大明咒等佛号来取代亡者的名字，让每位经过此地的人都能得到加持与祝福。

往生的亲人已经到佛菩萨那里去，变成一家人了，所以立佛牌就等同于立祖先牌位，让佛菩萨跟世界上无数户家庭的先父先母们一起来加持雪域的每一个家庭，这是相当聪明且有大爱的方式！

宗萨无名

宗萨蒋扬钦哲仁波切在海内外相当有名，网络上也有各种以他为名的博客与粉丝团，大家似乎都想抢得仁波切的最新消息与开示。但是你一定没想到，其实宗萨祖寺的乡民信徒们，跟仁波切一点都不熟，甚至没人敢称自己是宗萨仁波切的熟识弟子。这里指的不熟并非不认识，而是指大家根本不知道仁波切爱吃什么菜，戴什么手表，去过哪里，说了哪些佛法或任何最新的私人近况。

宗萨的三位大堪布与洛热老师一样，他们虽然常常通过越洋电话与网络帮仁波切处理寺务，但是在任何文宣与场合中，几乎都不会拿仁波切之名来替自己打广告。有时候，仁波切会打电话通知大家该念什么经，回向给哪些人，大家就毫不犹豫地照办；反观都市里的信徒，仁波切要你每天打坐五分钟，都还要勉强考虑一下。

我的师父堪布久美多杰虽然不是宗萨寺和萨迦派的喇嘛，却是宗萨仁波切在台演讲时的座下常客。台下的听众多是汉人和老外，藏族的喇嘛通常不会超过五人，但他从来没有试着想去认识仁波切本人。

2003年9月，堪布久美多杰在中山纪念馆听完宗萨仁波切的演讲后，刚好在路上巧遇仁波切准备搭出租车离开。堪布不好意思地跑过去低着头告诉仁波切说："我是从马尔康来的喇嘛，听了仁波切的开示觉得受益无穷，感谢仁波切。"然后就低调地离开了，连转身要我帮忙拍张合照的要求都没有。堪布告诉我："我希望认识的是仁波切的'法'，而不是知道仁波切私下有什么喜好，或想办法让他认识我。"

这里的藏族人都简称宗萨仁波切为钦哲仁波切，每次当地老年藏族人一听到仁波切的名号，总是仰望着天，双手合十，然后就红了眼眶。在他们的心中，可以说是时时刻刻都跟仁波切很熟。无论是宗萨仁波切也好，其他藏地的喇嘛活佛也好，对传统藏族人而言，心里都十分明白，纵使哪天仁波切突然换上奇装异服或消失数年不见人影，他们的信念也不会因此改变，因为他们皈依的不是人与名，而是佛法。

藏族人从生到死皆深受佛法影响，他们生活淳朴，日日靠着洁白的哈达来传递彼此的信任。你一匙酥油，我一束花，上供诸佛菩萨，没有比较与分别，共同庄严佛陀净土。你的名字中有我，我的名字中也有你，我们都是同一个无分别的佛菩萨化身，这也是藏传佛法的精华所在，深深烙印在雪域百姓的血脉基因里，代代相传。

看到这里，你大概不禁纳闷：现代的藏族人真的这么完美、这么清高吗？当然，现代化的脚步已踏入雪域，藏族人的生活也开始离不开手机、银行等需要身份证明的地方。但是就如上述"宗萨无名"那一段所谈的，无名精神的意义并不在于不能拥有很多名字，而是不执着名字与面子。我相信，世界各个角落都有这样卧虎藏龙的人，他们继承了这种精神，默默地行善或做有意义的事。如果你也愿意加入，乐在无名的精神也一样能代代相传，不是吗？

▲每次我在法会上见到这样虔诚合十的老阿嬷，总会油然生起一股莫名的敬意与感动。

第23话
雪中的红枫叶
季节与一把可以吹响生死无常的集结号

喇嘛们身上穿的是秋天枫红的衣裳，
穿梭在白色的雪道上，见证随时飘落的无常。

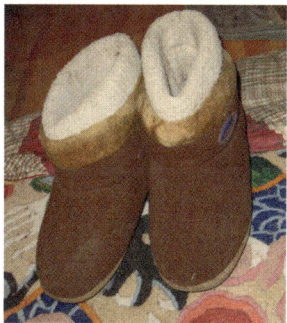

▶我第一次在藏地过冬时，怕脚会冻伤，所以将两双雪靴叠成一双。每当看到这双"双层"大鞋，同学们都觉得既羡慕又好笑。

　　我刚到学院学习的第一年冬天，觉得手脚冰冷，但是我想观察一下其他藏族人是不是也会怕冷，还是只有我自己有这样的感觉而已。每当降雪前一天或化雪之际，气温都会骤降，学生走路去上课，都会用披肩把头包起来，或将裙子穿得特别低，雪靴穿得特别大。因此，生活在雪域的喇嘛，不见得人人都不怕冷，而且感冒的人一点都不少。

　　学院的喇嘛学生制服规定不能穿戴帽子、手套与裤袜等御寒小物，如此一来，身体穿得厚厚的，但是四肢和光头光溜溜、冷飕飕的，这种感觉实在很不是滋味。我因此感冒了，不太想去上课，而有了请病假的念头。隔天中午，我决定去跟堪布抱怨这件事。

　　我全身紧缩，靠在门边说："堪布，为什么不能让大家穿袜子呢？您知道吗？按照中医与西医的理论，脚底有很多穴道，如果受寒，是很容易生病的！"堪布却轻松地反问了一句让我永生难忘的话："难道你在台湾天天穿袜子，就从来不会感冒吗？"

　　"啊？"我这辈子第一次真正体会到什么叫醍醐灌顶、当头棒喝！（难道这是传说中的开悟吗？当然不是！因为我还是笨笨的……）我将这句话牢记在心，日后几乎就再也没有为了生病而找借口，感冒的概率真的变少了。那是我这辈子最强而有力的抗体、免疫剂，有了它，这辈子便无须再为任何环境的寒热而怨天尤人了吧。

其一　秋枫，黄金印象

大约中秋节之后，大地就脱下了艳绿的彩妆，换上卡其色外衣，青稞也该收获了，日照非常强烈，但是天气十分凉爽。我非常喜欢这样舒适的季节，心情很容易沉淀下来。

看着阳光洒满米色的青稞田与四周群山，整个山谷犹如幻化成金色的古典画，十分动人，街道上落满枯叶（还好藏族人并不认为这是脏乱，所以无须打扫）。喇嘛们不停地在树道间穿梭，那宛如红枫般火红的袈裟，是雪域特有的秋景。

距离"佛陀天降日"（藏历九月二十二）后的秋假还有一个多月，这个季节是最令人百感交集的，因为刚过完盛夏的欢乐，入冬之后便将进入漫长的冬季，户外的活动都会停摆，很多学生此时此刻的心情都大不相同。选择留下来继续跟课业奋斗的人要慢慢收心，选择离去的人则开始向朋友道别。藏地的道别是很随意的，可能在路上碰见个老朋友，他就会深情地跟你握个手说："我明天就要离开了！你保重！"那随口的别离，可能就是这辈子最后一次碰面。没有留恋，也不会特地举办欢送会，悄悄地来，悄悄地离去。有位喇嘛说："如果我跟你有缘，生生世世、随时随地都会不断地碰面，所以请不要为这次的别离而伤心！"

其二　冬天刷墙记

藏地大扫除的习惯和汉族人不一样，他们并非过年前才清扫。以宗萨寺与学院为例，除了每半月一次的布萨日要稍作环境清扫之外，大约每年的藏历九月初八左右（大约是公历的十月中旬以后），所有寺院相关单位的外围墙都要重新上漆。

刷墙的方法很有趣，并不是用刷子一笔一笔涂上去，而是准备几桶颜料，直接用茶壶——从上往下淋，就是这么简单而自然。每一道墙面上几乎都累积了十多年来反复上色的漆痕。由于没有添加任何化学防水胶，因此如果衣服碰到墙面便会染到颜色，所以大家没事不会去触摸墙面。虽然这里也有很多顽皮的学生，但是因为知道这道墙代表着护法神的神圣形象，所以几乎没有人敢在上面踹脚印或刻字留言。久而久之，这种三色墙面就有了一种隔离与保护的作用。

刷漆的工程大约半天的时间就可以完工，这时漆水洒得到处都是，工作人员从头到脚都黑成一团，但是他们丝毫不在意，还乐在其中。衣服那么脏（混合了矿物与植物性油料），要怎么洗呢？难道四川德格自产什么超神奇的去渍洗衣粉吗？当然没有，他们是用最便宜的洗衣粉，也就是到河边去洗！换作我自己洗的话，光是一点油污就搓到手酸了，真不知道他们为何能洗得这么开心？或许他们心中有包名为"自在"的秘方吧！

▲宗萨寺是萨迦派的寺院，外墙有点类似法国国旗色，这也是为何萨迦派又被称作"花教"的原因。墙面上那三色，象征寺院所修持的护法神，会保佑百姓。

▲冬季的一场户外法会刚刚结束，路上的喇嘛们宛如雪域的秋枫，时时刻刻都是离别的季节。

其三　堪布生病记

我一直以为生长在雪域的藏族人都不怕冷，没想到，他们在换季与入冬时，其实很容易生病。很多藏族人与喇嘛都会趁这段时间请长假，回家乡或到都市去看病。堪布在学院近二十年来没生过重病（就是严重到须去医院就诊的情况），他笑说大概是因为他在课堂上的法座高高在上，所以学生咳嗽的病毒飘不了那么高，或者他的房间没有太多学生敢来，所以不会传染给他。但是我看到的情况不是这样，我不认为堪布的身体真的那么硬朗。

最早遇到堪布发生意外的情况，是某天中午。堪布在厨房时误踩到三厘米长的生锈铁钉，但他居然还在大家面前若无其事地走来走去。我急忙找便车去一公里外的西药房买破伤风的药，所幸这只是虚惊一场，堪布很快就痊愈了。第二次是在2009年过年前，有一天清晨我去堪布那上课，刚踏进门时，堪布一脸臃肿狰狞地说："你回去吧！今天我不舒服！"堪布说可能是因为高血压，所以引发了眼痛和牙痛。他一说完就躺回床上，不再说话了。当时才六点多，我一回房内，就急忙偷打手机给洛热老师，请他来急诊。结果九点多时，我看到堪布居然又若无其事地上课，完全看不出痛苦的样子。下课时，洛热老师来给他把脉，居然查无异状。中午下课后，我去探望他，他正在流鼻血，把整张卫生纸都染红了。堪布说，这情况既正常也奇怪，他感冒时吃西药会肚子痛，吃藏药就会高血压。我倒觉得他应该是药物过敏体质。

后来无论医生怎么看诊都没有异状，难道堪布只在我面前才刚好出现重病的样子吗？到底是堪布在强颜欢笑，还是我的错觉呢？我当时真的十分怀疑堪布说自己二十年来没生过重病的真相，其实就是他不愿意别人为他的小事而担忧。

堪布生病那段时间，脾气特别不好，最后他语重心长地告诉我："我早就跟你说过了，我不是什么上师、大喇嘛，我不过是个也会生病的凡夫俗子。当你太关心我、跟我关系太好时，就会看到很多不该看到的，我就是这样一个爱乱发脾气又虚伪不认病的坏人！"师徒之间的完美信任感，就像四季一样，如果你相信且喜欢他那如春夏明媚的阳光，同时就得接受如秋冬之际般多变的病苦风暴。

其四　祈福集结号

　　除非是病患的亲朋好友，否则一般人很难为陌生人的生离死别而忧喜。但是宗萨佛学院有一种特别的习俗（不确定其他寺院是否也有），能让当地人知道现在有没有人正在承受痛苦。

　　学院的夜晚，特别是有纪念日的夜晚，会刻意安排一段演奏：山下的学院奏乐，山上的寺院也跟着和鸣。但是在某些普通日，还是常常会听到吹奏法器的声音，不过只有小海螺的声音："呜——呜——"我当时认为应该是一些学生在练习，但是越听越不对劲，这海螺声只吹三次，每次间隔十五分钟，而且都是在晚上十点左右吹。我向好友南加打听后，才知道原来这是祈福用的集结号。

　　在当地，只要当天有民众发生病危死难之事，委托人便会来请求寺院或学院的铁棒喇嘛安排吹奏海螺，费用完全随喜，一元也可以。负责的学生在晚上最后一次下课前的半小时吹号。由于海螺声很沉稳而悠远，再加上藏族人晚上不工作，日落之后，街道相当宁静，基本上方圆半公里内的住户都能听到。这时就是通知大家：此时此刻有人正在受苦受难，请个人或全家做随喜祈福，将加持的力量回向给那位受难者。

　　你可能会想，只听到声音，却没见到人，究竟该回向祝福谁呢？这完全不用担心，因为佛菩萨都知道大家共同的心意。再说，吹奏者在开始吹之前就会这般发愿了："愿闻此声号者，都能得到解脱痛苦的力量。愿因为闻此声号而修法作回向者，都能共同加持到那些需要被加持的人。"所以，每当听闻海螺声的夜晚，月光下不晓得聚集了多少人的希望之力，不但能间接帮助到那些受苦者，同时听闻者也会警惕自己这是无常之声，应当精进修行不懈。

我曾经想象过，如果台湾也安排这样的集结号，不晓得会发生什么事。每家医院或寺院只要有

从洛热老师家楼顶拍摄的

病人或亡者，就用大音响向市民宣告。这技术其实不难，但是千百家医院每分每秒都有那么多苦难者，台湾的天空肯定会二十四小时甚至全年无休止地吹奏死亡之音，真是个超级可怕的景象，想到这里就打消了这个不可能实现的念头。正因为全世界每分每秒的伤亡人数无数，因此有许多人居住的地方，反而没人想知道这些生死大事。纵使电视新闻、报纸与网络等渠道传播了再多、再具体的消息，也似乎都与我们无关。

这里的冬季宛如没有光害的星空，白雪覆盖大地，雪中的脚印，绛红色的背影……生老病死的足迹像过眼烟云，却又历历在目，这一切对我而言太过沉重。我第一次在此过冬时，发现受寒的不是我的身躯，而是我那怅然若失的心。

第24话
佛经里始终找不到的字
老黑堪布到底有没有最终话

究竟是哪两个字，
让老黑堪布他们的人生没有最终话？

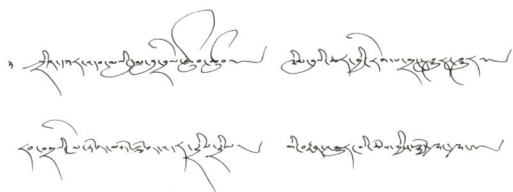

白云朵朵其片飘茫茫，细雨绵绵及触冷伤伤，
极艳花朵之翼闪烁烁，无常变法思感伤悲悲。
（藏文：堪布才旦／译：原人）

2008年3月14日前后，拉萨发生部分藏族人上街打砸抢烧的暴动事件（简称"三一四"事件）。堪布才旦毅然宣布学院无限期停课，要大家返家乡自修，直至暴乱结束为止。堪布也返乡静修。这首诗就是他见到家乡的草原、山峦时，有感而发所作的，也是堪布生平罕见的诗词创作。

堪布认为：人们总是得在遇到苦难时才知道珍惜。其实，大自然中的云朵、细雨、花朵都在告诉我们无常的道理，这些景物一年四季都不断变幻来警示我们。唉……无常啊！在天空中转呀转，我们的双脚，是否也徒劳无功地在原地踩踏、空转着呢？

多害怕　在未来

人类对一切习惯

拿着字典一页页地翻

始终找不到的字是不是爱

——五月天《晚安，地球人》

　　那天，堪布告诉我，佛经里因为找不到"那两个字"，所以绝对不会让我们字典里的"爱"消失。

　　2008年，学院有一段时间刚好停课了，往年我总是在这时候离开宗萨，今年却是这时候回来。许久不见堪布了，我进门想向他献上哈达，但我的手还没伸出来，他看到只笑说："干啥？"然后就若无其事地走进房里，那当下我感觉自己好像从没离开过一样。

　　十月底的一次布萨日下午，刚剃完头的堪布才旦突然出现在洛热老师家的三楼客厅里。没有人料到大堪布会这样无声无息地出现，洛热老师惊吓得起身呼喊师母快点招待堪布。一般而言，如果大堪布或仁波切要来，都会有人事先通知，像老黑堪布这样低调客气的情况实在罕见。洛热老师客气地恭请堪布进客厅右边的喇嘛房里上座，关起门来聊私事。

　　他们俩谈到快天黑，堪布便被专车接回学院了。事情过去几天后，洛热老师他们用藏语聊天时，我才知道原来是堪布要退休的惊人消息。堪布那天就是特地来向洛热老师请示的，但这样的做法也未免太迅速与低调了吧？

　　堪布告诉我，其实年初或去年自己就该退休了，因为这一两年来，这里发生了很多事情，他不想让新任堪布一上任就接下这么辛苦的棒子。现在时机成熟了，几位堪布已经有在校内任教多年的经验，所以该让他们学习怎么管理学院了。

　　我问堪布："您退休后，是不是没事做了？不能再教书了吗？"堪布信心满满地说："我前阵子看了净空法师的讲经影片，他说：'我把一整套《大藏经》从第一页翻到最后一页，再从最后一页翻回来第一页，都没找到那个字！'你猜猜看，是什么字？""什么字？"我想了一下，还是猜不到。

堪布大声说："是'退休'两字！"

堪布接着解释："净空法师说自己已经一大把年纪了，还天天在讲经说法，因为菩萨们是从来不会退休的！你觉得他说的这段话有没有道理？"对一般人而言，比较常听到的是"活到老、学到老"的观念，但是藏族人不只要学到老而已，还发誓这辈子没学好的，下辈子还要继续学！因此无论是求学还是奉献服务，是生生世世不间断的事，所以就算已经成佛、成为菩萨了，还是会乘愿再来。

就藏族传统社会而言，并没有退休制度，也没有退休年龄或巨额的退休金。有些堪布三十岁不到就卸任住持堪布的职位了，但还是不断到其他地方去任教，甚至继续向其他大师求法与学习。因此对老黑堪布而言，这只是完成第一阶段的教学工作，后面的教育之路是无穷无尽的。

▼退休法会安排在2008年11月佛陀天降日上午，由老堪布亲自为新任堪布戴上象征佛法智者的班智达法帽，堪布才旦再向他献上圣洁的哈达与供养物。接班人堪布桑珠在校内学习与任教长达十五年，法名为"贤遍宁波"，意思是利他之心，这应该也是堪布才旦对他的期许吧！

第十二任，任了十二年

退休法会，也称作"升座典礼"，因为主角是新任堪布，而不是退休堪布。这次有一位接班的大堪布桑珠，与两位正式的堪布扎西与昂登，他们三人都是同班同学，但是首席只能有一位。除此之外，他们受尊重的地位都是一样的，喇嘛在路上看到他们，也要弯腰行礼。

升座典礼并不复杂，就是由最资深的老堪布帮新任堪布戴上象征班智达（大博士之意）的法帽，卸任的堪布会带领寺院代表与全校学生向新任堪布做供养仪式，之后，堪布就在自己的座位上分享自己的退休感言。堪布在感言中除了感谢自己的恩师外，最主要的是交代为何像他这样的普通人，能任期这么长还不退休。他分享了这些年来的教改心路历程，十二年来，他有一半时间是在培养师资，一半时间是在督导储备师资的实习教学。现在，他栽培的几位堪布学生都已经可以独当一面，当前辈都可以退休了，他们才正式上任，这下总算对得起当初交棒给他的恩师老堪布与堪布彭措朗加了。

堪布说，自己这十二年来最难过的就是人才流失。常常有急着想单飞的堪布离开，因为同样的学历与学问，到其他寺院或学院就足以当一人之下、万人之上的大堪布了，同时也有许多活佛以私情的压力来挖墙脚，常常使得一些老师落到大材小用的窘况。经过十多年来的利益考验，最后留下的都是没有任何名利欲求的老师，算是不幸中的大幸。

▶你不需要把我看得太高，虽然我是宗萨学院任期十二年的首座堪布，但是我从来不认为自己是一位大堪布，即使未来也一样不会改变，理由呢？因为我自己心知肚明，现在这样的工作（教儿童班）是适合我的，这只是我的一份正常职责而已。
（这是堪布在我当时的藏文日记里写下的关于他任教儿童班的心得，我大概翻译了汉语意思。）

有求必应的退休生活

　　堪布才旦退休后的生活依旧如往昔般低调，他还是住在那间老房舍里，房子没有变大，酥油、糌粑也没有变多。一般的退休堪布或寺院喇嘛，会去各地接受更多的传承，学习各种灌顶与闭关实修技巧，或到汉地、海外收徒来行佛教事业。但堪布才旦完全没有想到这些，只是静静地坐在自己的房间里，连成为令人景仰的大师这个念头都没有。

　　堪布退休前，一直在学院内教学而鲜少出门，因此当地并没有太多人认识他。现在暂时不任课了，当地民众当然不会错过这个好机会，便开始邀请他到户外来为小区乡民们开示佛法，大家也才真正见识到他的真性情。

　　堪布是个心地善良的人，几乎是有求必应。他在小区法会现场上这样说："虽然我是位教了十几年书的退休堪布，但我不敢说自己的学问是最好的。不过，我认为我应该有足够的能力教你们一些藏文或历史文化。只要你们想学，就算只有一个人来，我也会全心全意教他！""这是真的吗？"大家听了不免觉得这只是一般喇嘛常会讲的客套话，一般人哪儿敢这样去找大堪布当老师呢？就这样过了几天，真的没人敢去找大堪布。最后，终于有一位中年藏族男子偷偷地来到堪布的房间，不好意思地献上哈达，请求堪布教他一些基本藏文文法。堪布当然义不容辞地答应了。这件事很快就传遍了整个麦宿地区，学生一个个慕名而来，最后还有一群学生组团前来请求堪布为他们开班授课。你一定你看到那数不清的街道吗？
如何只选择其中一条去走？
一个共度一生的女人，
一幢属于自己的屋子，
一种生与死的方式，
你甚至不知道什么时候才是尽头。
一想到这个，难道不会害怕，不会崩溃吗？

我在这艘船上出生。
世事千变万化，
然而这艘船每次只载两千人。
这里有着希望，
但仅在船头和船尾之间。
你可以在有限的钢琴上弹奏出你的欢欣快乐。
我习惯了这样的生活。

陆地？
陆地对我来说是一艘太大的船，
太漂亮的女人，太长的旅程，
太浓烈的香水，无从着手的音乐。
我永远无法走下这艘船。
这样的话，我宁可舍弃我的生命。

毕竟，我从来没有为任何人存在过，不是吗？

——电影《海上钢琴师》

没想到是什么样的学生。是一群正在放寒假的小学生！堪布当然也答应了。

帮中小学生上课？这可是件大事！因为该院的院史上，从来没有大堪布、大活佛为小朋友开班上课的特例！其他寺院的情况应该也差不多。这样大材小用的事，何必要动用大堪布呢？随便派一位学生讲师都能胜任。堪布的理由是："学院的学生和讲师有自己的课要上，不能给他们添麻烦，这种小事我自己来就好了！再说，教小学生有什么难的？"

就这样，一位退休的大堪布摇身一变成为小学老师，破例开了一班有一百多人的儿童藏文班，很多中学生、大学生和家长也跑来围观或旁听。最难能可贵的是，堪布根本没接受过小学的师资培训教育方式，却能像一位亲切、和蔼可亲的母亲一样，按照小朋友的习性来教书。每上五分钟的课，就停下来问大家问题，带大家朗诵课文，为学生们印藏文讲义，教他们怎么准备写藏文书法用的竹笔，可以说把学生们照顾得无微不至。

这美名在当地传为佳话，当大家私下聊到堪布才旦时，评语都是："他是好人！"这句话从藏族人口中说出来感觉特别纳闷，这句话一般不会用来形容活佛、喇嘛，因为他们在藏族人心中本来就有很崇高的地位，只是能被称作"好人"的情况确实很罕见，或许是藏族人被堪布才旦那份超平民的真心所感动的缘故吧！

我想，当地百姓对堪布才旦的印象已经不再是以往又凶又神秘的"黑色"形象，而是宛如浓黑却

▶堪布彭措朗加的愿望就是不辜负宗萨仁波切对他的期望，不遗余力地将正确的佛法分享给全世界各地的有情众生。

芳香的藏茶般让人暖心暖肺，感到十分亲切。

雪域屋脊上的约定

　　2009年时，堪布陆续被邀请到其他学院去指导，并且成为塔公佛学院新分院的第一任客座堪布，后来因病去北京就医，开始收汉族弟子。堪布在养病的同时，也学习了汉语与汉语的佛教经典，并随喜为汉族弟子上课。听到堪布开始收徒一事，我竟然感到些许不平衡，因为这跟他之前的作风截然不同。

　　我问堪布："当初我在学院时，请求您许多次，

您为何不收我为徒呢？"堪布说："因为在那边有更多的大师，再怎么轮也轮不到我吧？现在到了外地，因为他们找不到其他师父来引他们进入佛门，所以我才勉为其难收他们为徒。"

我又问："我知道您是有求必应的菩萨，虽然我没正式皈依您，但是我当时已经在您面前发过誓了，无论如何，您都已经是我的师父了。"每当堪布面对感性的话语时，总是不知道该怎么接话。这让我回想起第一次来宗萨时，我站在屋顶上和堪布交换念珠的约定……

学院的屋顶是我和堪布第一次约定的地方，当初我完全没想到，我在学院里上了堪布一学期的课，却也是最后一次，并且见证了他退休的一刻。

屋顶对堪布的意义重大，这是他每天唯一可以

▲洛热老师与宗萨的善知识们奔波一生却甘之如饴，只为了让大家都能过得安康快乐、传承不断。

轻松散步、运动的地方。每天中午饭后和傍晚的辩经时段，他就喜欢这样一个人在屋顶绕圈，看看外面人来人往的景色。我完全无法想象，他能在这样的屋顶上走十二年，他看见的究竟是怎样的风景呢？

不只是他，四十多岁的堪布彭措朗加在寺院与学院两地走了二十多年，年近七十岁的洛热老师也在整个麦宿地区走了五六十年。藏地各处有无数这样无私奉献的开拓者，他们不是走不出去，也不是不想出去，更不是没有理由地随便走走。生命中的大山再怎样难行，他们都走过来了。

他们的起点在当下，终点为菩提。

他们所转的是藏族同胞千百年来的虔诚血脉之路，

反复前进必达的地方是——佛陀之心。

这是我与堪布第三次，
也是最后的一次约定，
不需要再有任何信物与
纸笔为证。初次到布达
拉官时所留下的疑问，
答案就在此刻。

宗萨学院每年最盛大的"萨千贡嘎宁波"纪念法会，全
校师生们持香围着学院顺时针而绕，百姓们焚香供养诸
佛菩萨，以求正法常转、世界和平。

我的雪域
原味生活

后记与感谢

原人：你好！

祝你生日快乐，我很想跟你一起过一次你的生日，可是现在我们之间山水相隔无法相处，只能在这里祝福你了。愿诸佛菩萨保佑你早日得到正法和最高成就，用发自内心的菩提心和慈悲心，普度所有在六道轮回的众生。

我的生日谁也不知道，包括我的父母在内，所以我这一生不会过生日。不过，我想我这一生要做的事，每年都比你少一件，就是过生日，这不是件好事吗？我这才知道我的父母亲对我这么好。

虽然他们已经不在了，但是他们对我做的事情，对我来说还是不可缺少，我真不知道该怎样感谢他们，怎样做才能报答他们的大恩大德。

原人，这些你想过没有？

好啦，不说了。

2008年6月14日

你的"吉卡若"堪布　才旦　合十

（我生日那天写了封关于我生日感言的e-mail给堪布，隔日他回了此信。）

关于中国藏族聚居区与印度之间的后吉卡若时代

在记录雪域文化期间，我生怕流于闭门造车之过，尽可能与不同地区、不同年龄层的藏族朋友交流。几次下来，没料到其他藏区的变化之大，远超过我的预期。有位麦宿当地的藏族公务员朋友到了其他藏区工作，才发现原来其他藏区已经变了这么多。他在给我的信中写下了这段感想：

> 无数的仁波切开着名贵轿车，奔驰在"大圆满"圣地的每个角落，活佛、堪布多半都是夏天才回来"避暑"，轿车后方的随行者也骑着摩托车飞驰着，也许是在追求轿车一样的速度……

以上我只是引用其中的第一段，其他叙述就此打住，生怕有人看了会拿来做文章。藏地到底变成什么模样了，或许只有当地人才能知情。仔细一想，这也是为什么当初我的师父要我直接去藏地寻师与学习的主因。因为在台湾，藏族师父们的身份是外来者，很难让人见到他们私下最真实的一面，因此只有到他们土生土长的地方，才能比较确实地知道自己所追寻的师父到底是位怎样的人。

那么，既然藏地变化得如此快速，如果去印度、尼泊尔，情况是否会好一些呢？我在写作期间，刚好认识了几位在印度留学的台湾年轻喇嘛，彼此分享交流了印度与中国藏族聚居区的见闻与经验。我们都发现，印度与中国藏族聚居区的文化，可以说已经不尽相同了。印度和尼泊尔的环境、生活相较之下比较现代化。所谓的现代化，并不是指生活上的软硬件比较好，而是人民的衣食住行各方面都相当井然有序。现代化再加上受到汉传佛教与欧美文化的影响，原本藏族人血脉里有的"草原野味"应该会慢慢褪去。但当他们有天回到传统藏地时，除了喝不到星巴克咖啡，还得脱下内裤蹲在路边和大家坦诚相见，边如厕边聊天。这些生活习惯所产生的现实差异，造成了渐行渐远的尴尬问题，比政治议题更为敏感。

上述我朋友所提及的藏地变迁憾事，都是世界各地的宗教常会发生的人性问题。但是，这并非佛教或任何宗教心灵修行的重点。就如我在书里所提到的，宗萨寺与学院也有许多被科技文明所利诱的事，但是智者恒智，洛热老师与堪布依然无私地为大家奉献服务。生命中有许许多多矛盾与难题，自己必须学着找到适当的出口。

关于我自己三十而"栗"的旅程

今年六月，我刚满最热血的黄金三十岁，又恰好即将出版生命中第一本个人著作，颇有小成就与纪念价值。这本书一开始并不是先整本写好，再行签约出版。我当初以为只要把博客里的文章稍做分类整理后就能出版，再加上我本身擅长排版设计，学生时期也曾有多次协助编辑出版的经验，因此预期应该只要花两三个月就能搞定。但这次面对的是自己的第一本个人作品，压力完全不同。

除了字数与篇幅的诸多出版限制之外，同时还因为这本书是以首次公开介绍宗萨寺的、人、事物为背景，背后有宗萨仁波切在国际上的声望光环，因此压力不小。要一边介绍雪域文化主题，一边间接地介绍当地的人、事、物，纵横主轴之间的平衡，相当难拿捏。如此一来，内文删了又改，一延再延，整整写了一年，简直跟"怀胎十月"一样。为了这位"私生子"，我不甘心让它流产，只好跟洛热老师与宗萨学院堪布请了一年不务正业的"产假"。过程中，对编辑既服从又心里不太爽，感觉就像又当了一整年兵一样耗费身心。

我常常很想半途而废，逃回宗萨寺去！编辑有次还在我的MSN上留言：可怜的原人同学，在台湾比在藏地更辛苦……哈！在宗萨寺虽然要苦读到晚上十二点才能睡觉，但是跟在台湾工作到凌晨两三点还会失眠的情况相比，雪域式的生活烦恼，显然比都市生活少太多了！

当这本书快写好时，诸如此类庸人自扰与名利欲望之事，皆一一涌现：原人，你要帮我签名哦！何时有签书会或座谈会呢？你要不要再出一本××书？我还多次担心这本书会卖不好，一直想请大人物或知名活佛帮我推荐……总之，从一年前签约到出版前夕，累积了无尽的烦恼，潜藏在我身上的一些坏习惯、负面情绪与自私观念都不断地从心口里蹦出来。但是至今回想起来，从佛法修行角度而言，原来我在藏地这些年来根本没有修到什么。归根到底，还是我这只小妖怪的修行不够，得再回去好好重新修一修。

至诚感谢

回想起我小的时候，因为没考上家乡的私立明星中学，爸爸事后这样安慰我："宁可在小校当王，也不要在大校当老鼠！总会有最适合你发展的地方，要在最需要你的地方发挥影响力。"对宗萨寺的堪布们与洛热老师而言，他们的实力都足以到更好的地方享受更优渥的待遇。但是无论如何，他们最终都选择了最需要帮助的地方来服务，让更多人能有圆梦的机会。

　　除了感谢父母、亲朋好友、我心中敬重的喇嘛仁波切，以及与本书相关的宗萨师友们之外，这次要特别感谢的人都太过谦虚，他们都再三请求我不可以把他们的名字写进书里，不过，我还是尽量暗示一下：

　　雪妈、柯辅导长、陈姐与诺布师兄、原动力黄老板、自称是我在大陆唯一亲友的学长姐、恳慧师与阿泰、台中赖老师、阿龙与美多、樱芳与八楼、何如何来的父母、台湾第一位格西、洪妈、一休大师与基隆阿忠、来自印度的天津（法号）、Cangioli Che，还有很多《喇嘛百宝箱》的网友们。

　　此外，洛热老师与噶布老师也特别交代我，在书中帮他们感谢以下单位与大德们：

　　第三世宗萨钦哲仁波切、钦哲基金会、四川省德格县人民政府、章扎基金会（音译）、雪谦冉江仁波切、顶果钦哲基金会、马修·李卡德（VenMatthiew Ricard）、温洛克国际基金会、德国米苏尔社会发展基金会、世界银行、亚洲基金会等。

　　虽然我在书里曾提到藏族人"乐在无名"的精神，但请原谅我仍旧自相矛盾且俗套地列出这些功德名单。洛热老师认为，这一切并非只是堪布活佛们与他自己的功劳，他生怕大家误会了，如果没有这些菩萨大德的赞助，宗萨寺便无法顺利地重建与发展（当然也不会有这本书的诞生）。此外，也要一并感谢所有曾经帮助过、正在帮助与即将要帮助藏族聚居区的朋友，得以让雪域有更多的美好可以分享给世人。

关于我自己对未来的期许，我想学李连杰常在电影杀青时所说的名言："这可能是我人生最后一部作品了。"什么？这本才是第一本耶？哎……人生无常，谁也不知道未来会如何。特别是对正值三十岁的我而言，出版此书并非我去藏地学习的背后意图。面对重要的人生三十岁之际，我还是十分心虚与忧心。总之，我真正想要送大家的并不是这本书，而是我想继续在雪域挖宝、奉献分享给大家的心意。

最后，我想为大家献上我师父久美堪布所教的《睡前祈祷文》，当我心中迷惘时，总是会用这段愿文来提振自我的正知与信念，愿大家都能顺心如意：

> 加持我的心可以如法；
> 加持如法的心可以行于解脱道上；
> 加持平息所有解脱道路上的虚幻；
> 加持所有的虚幻转为究竟的智慧。